HER ŞEY HİÇBİR ŞEYMİŞ

CANAN BARLAS

HEMEN KİTAP

HEMEN KİTAP - 43

HER ŞEY HİÇBİR ŞEYMİŞ

CANAN BARLAS

Yayıncı ve Genel Yayın Yönetmeni: Zana HOCAOĞLU

Yayın Koordinatörü: Mehmet DEMİRKAYA

Editör: Ferda KÜÇÜKLERLİ

Kapak ve İç Mizanpaj: Nurten ÇİDİK

Baskı: Barış Matbaası

Davutpaşa Cad. Güven San. Sit. C Blok No: 291

Topkapı – İSTANBUL

Tel: (0212) 674 85 28 – Faks: (0212) 674 85 29

Sertifika No: 12431

ISBN 978-975-6178-44-7

1. Baskı: Ekim 2012

HEMEN KİTAP SİS Yayıncılık Ltd. Şti'nin

tescilli markasıdır

HEMEN KİTAP

Merkez: Giyimkent Sitesi D 6 Blok / 59

No: 77-78 Esenler / İstanbul

Tel: (212) 659 58 61 - 62

Fax: (212) 659 02 51

www.hemenkitap.com

e-mail: info@hemenkitap.com

HER ŞEY HİÇBİR ŞEYMİŞ

CANAN BARLAS

HEMEN KİTAP

Astronotlar uzayda bir süre bulunduktan sonra kendi bedenlerinin sınırlarını unuturlar, evrene dalarlarmış. Hatta dünya bu düzlemde binlerce mavi yuvarlaktan biri olurmuş. Hatta oradaki sınırlar, savaşlar, zenginlikler, fakirlikler, aşklar, ayrılıklar, hiçbir şey ifade etmezmiş. İnsan evrende kendini yoklukla bütünleştirirmiş. O yoklukta vücudunun sınırları falan kalmazmış. Yoklukla, yok gibi olurmuş.

Mavi yuvarlak kendi içtenliği içinde ne kadar muntazam, ne kadar içten, ne kadar soğuk ve sıcak dönerse dönsün, bir anlamı olmazmış.

İnsan sevgilisinin kollarında da kendi vücudunun sınırlarını hissedemezken aynı yokluğu hissedebilirmiş. Sınırların bittiği yerde yokluk ya da çok büyük varlık oluşurmuş.

Evren işte böyle sınırların olmadığı bir yer.

Ancak bu sınırlar ve sınırsızlıklar içinde hayatı yaşayanlar için, zaten doğum ile ölüm arasında da bir hiçlik söz konusu değil mi? Hiç kimse yaşananların gerçekliğinin varlığını ispat edemez. Zira yaşananlar, yaşandıkları anda yok olurlar... İnsan bir yandan doğarken bir yandan ölür.

Gerçek ise vücudun sınırlarının olmadığı yerdedir. O sınırlar sonsuzdur çünkü... Büyük bir sevginin kucaklaşma anı sonsuzdur... Yani sonu yoktur. En büyük aşkların, en büyük sevgilerin de sonu yoktur. İnsanlar sonu olmadığını bilerek sonsuz bir bilinçle onu yaşamaya koşarlar. Bunu yaşamak için bütün duygularını, enerjilerini harcarlar. Her şey bu sınırsız birliktelik hayali ile anır. Ama bu gerçek bir hayaldir. Yaşansa da yaşanmasa da hayaldir. Zaten özlemek de bir hayaldir. Hayali özlersiniz... Yanınızda olan birini özlemezsiniz.

Aşk da bir tutkudur ve bir hayalin özlemidir. Gerçeğin o aşk ile ilgisi yoktur. Gerçek, başka sınırlar taşır ama o sınırlar da bir hayaldir. İnsanoğlunun kendi kendine çizdiği çizgilerdir... Her şey o sınırlar içindir.

O sınırlar için insanlar ölür. Zaten insanlar sadece sınırlar ve sınırsızlıklar için ölür... Sınırlar da gerçekte sınırsızdır.

İşte böyle bir alanda dünyanın en büyük aşkları, tutkuları yaşanır. Bütün imkânsızlıklar aşklara hizmet eder. Aslında imkânsızlık denen şey de sınırdır; ya dinlerdir ya yasalardır. Onlar da bir yerde var, başka bir yer de yok gibidir... Mabetlere sığdırılırlar. O mabetlere umutlar ve hayaller de konur. Konduğu anda hem vardır hem yokturlar.

O mabetlerin içine saygı, sevgi, ahlak duyguları yerleştirilir. Mabetler bu duyguları dürüstçe taşır. Ama bir zaman içinde neyi taşıdıklarını bile bilemezler. Mabetlerin hafızası, ruhu yoktur; onları yapanların vardır ama onlar da çoktan yok olmuşlardır.

İşte zaman zaman ahlakı arar dururuz. Bazen bulur bazen de bulamayız. O ahlakı koyanlar da yok olmuştur. Taşıyanlar vardır; onlar da sınırsız taşıyamazlar. Zaten sınırlar da yoktur; öyle değişmez bir ahlak da.

İşte bu sınırlar sınırsızlıklar arasında anne, baba, sevgili, âşık olursunuz; her şey olursunuz. Bir gün gelir o aşk sınırsızlık içinde biter. Sınırlar içinde yine biter. Ya çocuklar... Onlar hem vardır hem yokturlar. Her zaman çocuk kalamazlar, büyürler; sizin gibi birileri olurlar. O zaman analık babalık da biter. Başka bir şey olur; başka sınırlara taşınır.

O başka sınırlar da sınırsızdır. Zaman denen değişken sınırları yok eden bir canavardır aynı zamanda; var eden bir canavar olduğu gibi. Aslında gerçekte zaman da yoktur. Hangi zamanı, kime ve neye göre ele almalıdır?

Zamana sığınmak kaçınılmazdır. O da başka bir zamansızlığa gebedir. Hiç yerinde durmaz akar gider ve yok eder. Zamana sığınmak yokluğa sığınmaktan başka bir şey değildir.

Karnınızı çılgınlar gibi doyurursunuz, biraz sonra yeni bir yoklukla başa çıkmaya kalkarsınız; yeniden karın doyurmak... Bu başka sınırsızlıktır. Karın doyurmak da bir keyif olabilir... Hem sınırlıdır hem sınırsızdır. Karın doyurmak da sonsuza ayak uydurmak içindir.

Ve bu uğraş da sonunda her şeyin hiçbir şey olması için verilir.

Yokluk en fazla duygularda yaşanır. İnsanı en çok yıpratan da budur.

En büyük aşklar, bazen tek bir kelime veya cümle ile yokluğa ip atar. Zaten o cümleler, o şarkılar, o şiirler, hepsi yokluk için yakılmış ağıtlardır; bunun için bitmek bilmezler. Yoklukla ancak onlar yarışır. Kubbede hoş bir seda olarak kaldıkları söylenirse de kalmazlar zaten.

Her şey bir sanrıdır.

Teknoloji ise bu sınırsızlığın altını çizer. Bilgi gerçektir... O da sınırsızlığa oynar. İşte bilişim dünyasının getirdiği sınırsızlık. Bilgi, para, insan sınırsız dolaşıyor internette. Sınırsız insan ilişkileri doğuyor. Dünyanın iki ucu arasında var ile yok arası aşklar başlıyor.

Görünmeyen siber savaşlar, şirketler oluşuyor. Bu şirketleri elle tutup görmek mümkün değil. Ekran ve tuşların özgürlüğü içinde görebilirsiniz ama iletişimin hızı ile her an şekil değiştirebilirler. Bir anda batıp yok olabilirler, bir başka şirket ile evlilik kurabilirler.

Şirketler de insanlar da bu sanal âlemde bir varmış bir yokmuş gibidirler. Oysa sanal âlemde var olanın, yine sanal âlemde yok olması mümkün değildir. Ama gerçek hayatta, her şey yok olur. Burada bilgisayarın tuşlarına sığınmak bir çare gibi gelir.

Büyük bir özgürlük alanıdır sanal âlem... Çünkü sınırsızdır. Tıpkı evren gibi... Tıpkı evren gibi orada da kendi sınırlarınızı tayin edemezsiniz. Tıpkı bir sevgilinin kollarında olduğu gibi... Sonra hemen sınırlarınız ve yeni sınırsızlıklarınız gelir.

Önce bebeğin varlığını sezersiniz. O karnınızda hem vardır

hem yoktur. Giderek karnınız şişer, içindeki hareket etmeye başlar, vücudunuzun sınırları değişir, başka sınırlara gelirsiniz ve bir anda o gelinen sınırlar da değişir. Bebek kendi sınırlı, sınırsız dünyasına gelir.

Anne o bebeği kendi vücudunun bir parçası gibi görür. İnanılmaz bir direnç ve uğraş ile o yeni sınırları kendininmiş sanır. O bebek her geçen gün anneden uzaklaşır. Anne o bebeği her geçen gün daha fazla kendi zanneder.

Bebek için kendi sınırlarını çoktan terk ettiği gibi yeni sınırları da bilemez. Bu ilişki efsanevi bir ilişkidir; karşılıksızdır. Hep de annenin aleyhine değişir. Ancak bu değişimi ve yeni sınırları anne görmek istemez; görse de görmez.

Annelik her şeyin hiç bir şey olduğu konusunda kötü bir deneydir çünkü o başka insan başkalaştıkça başkalaşır. Sınırlı sınırsız farklı genler taşır. O ne annedir ne babadır. Bu başkalaşmış bir sınırlı sınırsızdır.

Evrenin sınırları yoktur ama ritmi vardır. Bütün canlıların yaşam haritası olduğu gibi, bulundukları coğrafyaya da bağlıdırlar. Bu bağımlılıklar onlara sonsuzluk düşüncesi yerine bağımlılık düşüncesi verir. Doğanın davranışlarında bir devamlılık var gibi dursa da, doğa da sonsuz ve sınırsız değildir. Üstelik pek çok çeşitli canlı tarafından kuşatılmıştır.

Bu kuşatılma da sınırların altını çizer gibi dursa da, kuşatanların hepsi sonsuzdur. Bu kuşatmalar da. Yani en vahşi hayvanların yaşadığı alanlar bile el değiştirebilir. Hatta cinsleri yok olabilir. Tümden DNA'ları bitebilir.

Vahşi doğanın büyük cinayetleri yaşam sınırlarını bir hayli zorlar. Hatta yaşam buralarda bir başka canlının yokluğuna tabidir. Bir canlının en kutsal varlığı olan yavrusu, bir başka canlının yavrusunun gıdasıdır. İşte küçük yuvarlak dünyanın sınırlı vahşeti buralardadır. Birinin varlığı, diğerinin yokluğu ve sonuç da her şeyin birden yok oluşudur.

Sürüler, ormanlar, hayvanlar, kuşlar, canavarlar, yılanlar, timsahlar, ölümü bilmezler belki ama sonsuzu bilirler. Çünkü karşılarındaki başka canlıları sonsuz hâle kendi elleri ile getirirler... Onca kavga, onca yaşam mücadelesi, analık babalık savaşı her şey, hiçbir şeydir.

Maymun ailelerinde yaşlı maymunlar giderek sürüden ayrılır. Tek kalmak isterler çünkü artık sonsuzu bulmak isterler. Gerçeğin sonsuz olduğunu anlarlar ve o gerçeğin peşine düşerler. İnsanlarda ise yaşlılar bunarlar bazen. Sonsuzu idrak etmek için beyin böyle bir hazırlık yapar. Gerçek ile gerçek dışı, sonsuz ile sonluluk arasındaki bilinci bulandırır. Belki de gerçek bilgelik buradadır.

Hormonlar insani aşkları, öfkeyi, kavgayı güçlendirir... Yaşam süreci içinde beyinden bazı hormonları çekince aşklar da kavgalar da hatta savaşlar da azalabilir.

ANNEANNEMİN AŞKI

Ben tanıdığımda anneannem köşede oturan, az konuşan, İstanbul terbiyesi almış aşırı dindar biriydi. Ben onun bir zamanlar inanılmaz bir aşk sırrı olduğunu düşünmeden konuştum hep. O da bana cennet, cehennem ve Abdülhamid'ten söz açardı... O Abdülhamid'i övdükçe ben şaşırırdım çünkü tarih kitapları hiç de öyle demezdi.

Eski kadınların kocalarına olan saygılarından söz açardı "Şimdikiler kocalarını uşak çağırır gibi isimleri ile çağırıyorlar." derdi.

Torunlarına bey ve hanım eki takmadan seslenmezdi. Hele kendi bakmamışsa, onlardan bir bardak su bile istemezdi. Bana bakmadığı için benden pek bir şey istemedi.

Anneannem doğarken annesi ölmüş. Dedesi Mekke Mollası imiş ve onun yanında kalmış. Zengin bir ailenin kızı olduğu için pek iş güç yapmadan, erkek aşçılarla falan büyümüş. Onun emsalleri ailelerin kızlarını dışarı vermezlermiş; iç güveyi alırlarmış. Ama anneannemin üvey annesi olduğu için damadı eve alamamışlar. Anneannemi bir Kafkas olan dedeme vermişler. Dedem Sivaslı imiş.

Sivas'ın örf ve âdetleri de İstanbul'a pek uymamış. Ancak anneannem teyzesinin oğlu olan divan edebiyatı şairlerinden Andelip Bey'e âşıkmış. Andelip Bey içki içermiş bundan dolayı da ona vermemişler. Ama anneannem o şiirleri hiçbir yere yazmadığı hâlde neredeyse yüz sene aklında tutmuş.

Günün birinde kendisiyle ilgilenince bu şiirleri okumaya ve Andelip Bey'den söz etmeye başladı. Oysa bu görkemli ciddi kadın yıllarca oturduğu köşesinde sırları ile yaşamıştı. Sonunda sonsuzluğa yaklaştığını anlayıp sırların ve sınırların bir anlam ifade etmediğini hissetmiş olacak ki şiirlerini okudu. Kendini anlattı. O son zamanlarda varlığını sonsuzluğa armağan ederken yaşamı içine anlam koymak istedi.

Bunu yapmasaydı biz onu cennet kapısında bekleyen saf biri olarak hatırlayacaktık. Oysa kadınlığını çok fantastik çizgiler içinde yaşamış, belki acı çekmiş ve onu da sineye çekmiş biri vardı karşımda. Nitekim dedem ondan daha fazla annesi ve babası ile vakit geçirmeye başlayınca, dedeme, "Benim sizinle yıldızım barışmadı, ben babamın evine döneceğim." demiş.

Belki de işte tam o zaman dedem onun kadınlığına hitap etmediğini anlayarak ona, "Ben sizden çok memnunum." demiş. Ve anneannem yedi sene sonra diğer çocuklarını doğurmuş. Hiçbir zaman yemek pişirmemiş çünkü baba evinde buna alışkın değilmiş ama temizlik işlerini büyük bir titizlikle yapmış. Yemeği de yedi sene sonra kendini ona anlatabilen dedem yapmış hep. İşten gelip gaz ocağını yakıp yemek pişirirmiş. Anneannem de hiç yemek kokmadan yaşamış gitmiş; ruhunda Andelip Bey'in sarsıntıları olarak ve onları senelerce sadece kendine saklayarak... Ciddiyetini ve kibarlığını içine sindirmiş bir yaşam duruşu içinde...

O kadar inançlıydı ki belki cennette buluşmayı umut etmiştir. Belki de zaman zaman bir kâğıt parçasına sardığı tütün ile yaptığı sigarayı tüttürürken şuur altında bunları yaşamıştır.

Adı İsmet olan anneannem, günün birinde (galiba adını bile unuttu), bize, "Meşhur bir paşa vardı adı neydi?" diye İsmet İnönü'yü sordu... Anneannem artık yaşamı kendi bedeninin ve kimliğinin sınırları dışına taşımıştı ve oralarda yaşıyordu. Zira vücut eskise de beyin yaşadığı gençlik günlerinde genç gibi durabiliyor.

Anneannem torunları ölene kadar yaşayacak... Bizim beyin

hücrelerimizde var olacak... Sonra bu varlık da büsbütün yokluğa dönüşecek. Belki evinden gelen birkaç parça eşya bir yerlerde duracak ama kimse onu bilmeyecek. Anneannemin gizli aşkı, masumiyet müzesinin ilk hayalleri ve şiirleri olacak. Yüz yıl hafızada yaşayan ve hiç yaşanmamış gibi duran bir aşk hikâyesi; sonsuzdan gelip, sonsuza varmış olacak.

BABAMI SONSUZA TAŞIYAN AŞK

Fahamet Hanım çocukluğumuzda iyi bir aile dostumuzdu. Çocuğu olmamıştı. Kocası bilinen bir hâkimdi. Akşamları sık sık bize gelirlerdi; yemek yerdik birlikte. Fahamet Hanım'ın ailesi gizli ağızlarda konuşulurdu. Annesi hem kayınbiraderi ile hem de Fahamet Hanım'ın babası ile evlenmiş.

İşler amcalık işine girince büsbütün karışmış. Babası amcası, amcası nesi, falan gibi bir durum. Fahamet Hanım'ın annesi senelerce kayın biraderine âşık olmuş. İki büyük kızı olduğu hâlde, sonunda bu kocayı boşayıp kardeşine varmış. Oradan da Fahamet Hanım doğmuş.

Fahamet Hanım'ın kocasının ailesi ise morfinman bir aile. Pek insan içine çıkmadan yaşamış birileri. Fahamet Hanım, duygusal sınırları doğarken yok olmuş bir dünyanın insanı. Çok roman okuyor ve belki de o romanları sonsuzdan alıp yanına çağırarak bir dünya yaratıyordu.

Fahamet Hanım iri yeşil gözlü, sivri çeneli, orta boylu, kızıl saçlı bir kadın; güzel desen pek sayılmaz. İlginç bir surat. Bir zamanlar babam, annem, Fahamet Hanım Ankara gittik. Ankara Palas'ta kaldık. Oradayken babamın arkadaşı Samet Ağaoğlu'nu gördük. Akşam yemeği dönüşünde annemi çevirdi ve " Hanımefendi bu arkadaşınız çok tehlikeli bir kadın, hem deli." dedi. Annem çok şaşırdı. "Neden?" diye sorduğunda "Bu fizyonomi beni hiç aldatmaz." dedi. Annem bu uyarıyı sonradan defalarca tekrarladı. Ama arkadaşlığını bu analiz üzerine bozmadı. Kadının sivri çenesi, kocaman gözleri, ince sivri burnu Samet Bey'i işkillendirmiş olmalıydı.

Zaten Fahamet Hanım o akşam buluşmaya gitmeden önce Samet Ağaoğlu'nun kitaplarını okumuştu. Ama Samet Ağaoğlu'nu kandıramadı. O bir yazar olarak inanılmaz bir falcılıkta bulundu.

Fahamet Hanım'ın kocası ile yaşamımız yirmi yedi sene kadar sürdü. Aynı evin ve dünyanın insanları gibiydiler. Entellektüel bir birliktelik olduğu kadar, bir hayli derin bir dostluk varmış gibiydi aralarında. Bu Cumhuriyet Dönemi'nin keyifli günlerinin bir mahsulüydü.

Biz çocuklar, amcamız ve teyzemizle mutluyduk. Dostluk zaten böyle çoluk çocuk yapılan bir şeydi.

Çok uzun bir dostluk ile yaşanmış boş zamanlar, ailenin yaşayıp yaşayacağı en büyük trajedilere neden oldu sonunda. Onca beraberlik, onca paylaşım bir sahtekârlığın üstüne kurulmuştu meğer. O, annesinin duygusal alanında, duyguların sınırı olmadığı bir dünyada yaşarmış. Oysa annemin ve babamın, duygularını saygın hâle getirmek için altı çizili kuralları vardı...

Romanlar, gerçek hayatla bir hayli birleşmiş olacak ki bir ara bu romanın kostüme ihtiyacı olmuş. Fahamet Hanım meğer babama göz koymuş ve annemin yerini almak istermiş. Bir gün annemin bir hayli eskimiş gri çizgili paltosuna talip olup onu satın almak istemiş. Annemin inanılmaz öz güvenini belki de o paltonun içinde aramış. Annem utanmış, böyle eski bir palto arkadaşa satılır mı, diye...

Daha sonraki yıllarda kocasını bir avazda boşayıp, annemin de kocasını boşamasını istemiş. "Canım ben bir celsede boşadım, sen de boşa." deyiverdi. Annem "Benim çocuklarım var... Düşünmeliyim." falan dediyse de aralarındaki durumu anlayınca babama, "Hadi bey uğurlar olsun." deyip iki bavulu ile otuz yıllık evinden çıktı.

Annem için daha ağır bir darbe olamazdı. Fakat böylesine gururlu ve güçlü bir kadın da herhâlde pek görülmedi. Bize yeni hayatını hiç acındırmadı. Dört başı mamur koca bir evlilikten böyle çıkmayı hiç beklemiyordu. Zira babam uzun yıllar annemin karşısında ezik bir talebe gibiydi. Bunu ona yazdığı bir mektupta açıkça söylemişti. "Karşında imtihanını verememiş bir talebe gibiyim..." Onu idraki tam nazariyesi ile seviyordu. Yani idrakinin bütün olduğu anların geometrik büyümesi içinde anneme âşıktı.

Annem hocalık yaptığı sıralarda, fabrikadan gelir, onu okulun koridorlarında bekler ve öğle yemeği için eve götürürdü. Okulun koridorlarında da annemin yüksek sesle ders anlatışını sevinerek dinlerdi. Annem eve geldiğinde her şey yine onun tarafından çok muntazam bir biçimde organize edilmiş olurdu.

Evin rengi, tadı, kokusu, babamın gücü, rengi, zarafeti ile birleşirdi. Babam mutlaka şık bir sofrada yemek yemek isterdi ve biz o muntazam aile dokusu ve duygusallığı içinde yemeklerimizi yerdik.

Fahamet Hanım babam gibi güçlü, bonkör, çoluk çocuk sahibi bir adamı istermiş meğer. Kendi çocuğu da olmadığından bizim aile ona denk düşmüş. Sonradan sadece babama değil bize de göz koyduğunu anladık.

Annem ise boşansa da bu hikâyeye bir süre inanmadı. İnsanları dedikoducu buldu. Onun dünyasında, sınırlar ahlak olunca altı çizilirdi. Oysa ahlak da işte böyle psikolojilerle, farklı yaşamlarla oluşunca insanları sınırlayamıyor. O sınırlar güç istiyor. Annem güçlü ve sınırları var... O sınırsızlığı sevmiyor.

Annem bu varlıkla yokluk arasında kaldı... Gücünden hiç eksilmedi ama yaşamın getirdikleri konusunda şaşırdı... Cumhuriyet sonrası modern hayat bazı yaşam tarzlarını kaldırmış ve belki de yerine yenilerini koymamıştı. İnsan en yakın arkadaşına kocasını kaptırabilirdi.

Oysa Fahamet Hanım, annem gibi kimya okumamış, çok roman okumuş ve netameli bir ailede büyümüştü. Çocuğu olmamıştı. Kocası cimri bir bürokrattı. Akıllı ve hoş bir insandı ama güçlü görünmüyordu... Onlar için yaşam, bizim eve gelip gitmek, arada bir de balolara gidip oralarda yeni hayata katılarak eğleniyor olmaktı.

Baloların şıklığı bambaşkaydı. Annem buralara gitmek için Eskişehir'den İstanbul'a gelir elbise diktirirdi; her baloya ayrı elbise. Yıllarca baş kimyagerlik yaparak bu yeni kuşağa güç ve akıl veren bir kadındı annem. Şeker fabrikalarında sabahlara kadar nöbet tutup, bizleri büyütmüş bir genç kuşak temsilcisi... Pırıl pırıl.

Bebeğinin mamalarını laboratuvarda çalışırken yapıyor. Kurallar; hem en iyi ev kadını hem en iyi anne hem şık ve modern olmak. Babam ise orman mühendisliğinden fabrika sahibi olmaya uzanmış bir Selanikliydi. Çok çarpıcı, enerjik, iyi yaşamaya özen gösteren, güzel şiir okuyan, güzel dans eden, çevresini sanatçılarla, siyasilerle donatmış keyifli bir yaşam aktörü.

Babam yaşamını İstanbul'da kurmuyor... Çünkü Selanik kolonisini pek istemiyor. Orman mühendisi olarak geldiği Eskişehir'de kendi fabrikasını kuruyor. Meğer onun babası da Selanik'te kereste fabrikatörüymüş. O da bu işi yapıyor. Babam Selanik'ten Türkiye'ye beş yaşında gelmiş. Mübadele ile gelmişler ama kısa zamanda verilen malları elden çıkarmışlar. Çünkü dedem ölmüş. Selanikliler daha içe dönük, gizli kuralları olan, fazla sınırlı insanlar. Babam ise sınır sevmiyor. Hareket, zekâ, başarı, şiir, insanlık, şıklık meraklısı. Annem onun için çok sevgili ideal biri...

İdealler de hem vardır hem de bir anda değişir. Yani yaşarken her yerde olduğu gibi değişip yok da olabilirler. Ya da geride bırakılmış olabilirler... İşte annemle babamın aşkı da böyle ideallerden, bir zaman içinde soyunmuş. Bu işi ise Fahamet Hanım romanlardan aldığı şevkle ve ailesinden gördükleriyle yapmış.

Aileyi, dostluğu, çocukları her şeyi soyunuk hâle getirmiş. En fazla da kendi soyunmuş. Yıllanmış arkadaşlığın, dostluğun yaşanan zamanın, duyguların hepsini soymuş. Babamın beyninin derinlerinde bir yer bulmuş... Tıpkı annesinin babasını ayartması gibi de olabilir. Zaten gerçek olan her şey sınırlı gibi durur. Ama ne olaylar tam gerçektir ne duygular yerinde durur ne de sınırlar vardır. En fazla da vahşetin sınırsızlığı insanı sarsar.

Gerçekte yaşamın konumu vahşet üzerinedir... Çok büyük bir ailenin tek bir kişi kalmayana kadar dağılması da böyle bir vahşet olarak görülebilir. Fahamet Hanım'ın babamın beyninde kendine ayırdığı o birkaç beyin hücresi, sınırları, aşkları, aileyi, dayanışmayı, sevgiyi her şeyi bozar.

Bu, bozuntu bir kaos gibi durur. Gerçekte kaos da hep kapıdadır. İnsanlık düzene gelirken, düzenden uzaklaşır. Böyle bir günde zaman da kaybolur, ileri ve geri gitmeye başlar. Duygular değişir. Güven ortamının, değişimin pençelerinde can çekiştiğini görürsünüz.

Yaşamınızdaki en yakın kişilerin mesafeleri, duyguları, evleri, dostları her şey tarumar olmuştur. Ahengi tutturmak çok zaman alır. Bir anda bozulan armoni evren kadar uzaklaşmıştır. İnsanlar bu perişanlığı yaşarlarken, uzaydaki astronot olan biteni anlayamaz. Binlerce mavi yuvarlak var. Uzay sonsuz ama sonlu gibi duruyor. Ya oralarda da böyle hayatlar varsa... Yoksa oralardan buralara gelip gidenler mi var? İnsanlar çaresizlik içinde buna da inanırlar. Belki cennet var belki de yeniden dünyaya gelmek.

Sınırsızlık, sonsuzluk, yaşarken insan beyninin kolay algılayabileceği bir şey değildir.

Böyle bir kaos sıkı bir yokluğu getirir yaşamımıza; babam, belki de bu dağınık ortamda, eski duyguları ve sınırlarını kaybettiği için hastalanıp ölür. İşte yaşamımızın hiç dinmeyen dramı başlamıştır. Her şey değişir, herkes değişir ama bu dram hiç bitmez. Anlaşılamaz, anlatılamaz bir olaydır. Buradan mutluluk yerine milyonlarca mutsuzluk ürer. Belki o zaman "sınırlar" der insan. Ama sınırlar yoktur ki...

Yaşamda sadece tekrar var gibi durur. Oysa hiçbir şey tam eskisi gibi tekrar etmez. Mevsimler tekrar eder ama her seferinde farklılaşarak. Çiçekler açar, bülbüller öter, ağaçlar yeşerir. Ama hiçbiri aynı yaprak, aynı çiçek, aynı böcek değildir. Eskileri sonsuzluğun sınırlarını bile bulamaz. Yok, olurlar; tıpkı babamın yokluğu gibi.

Babam babalık kürsüsünün ordinaryüs profesörü idi. Bütün çocukları ile çok yakından ilgilenir, sevgi deposunu hiç boşaltamazdı. İnanılmaz bir sevgi yeteneği vardı. Bu hiç bitmez ve sürekli tekrarlanırdı. Sanki babalık duygusu benim babamda zirveye ulaşmıştı. Böyle bir sel, şelale yeryüzünde görülmemiştir.

Şiirlerin gücü onun sevgisini anlatmaya yetmez. O kendi şiirlerini yazar bizim için. Onun dünyasında yok yok gibidir. O olmayınca yokluğu anlamak ayrı bir trajedi olur. Divan edebiyatının bütün şiirleri onun için azdır. Hangi devrin hangi şairi ne söylemişse söylesin, babam onu bilir ama onlar bile babama yetmez.

Babam her hastalandığımızda başımıza doktorları getirir ve inanılmaz bir heyecan yapardı. O yaşarken hasta olmak bile bir zevkti. Bir duygu seliydi. Üniversiteye ilk girdiğim yılın haziran ayında beni sınıfta bırakmışlardı. Bunu babama söyledim. Birkaç gün sonra hocayı evin kapısını çalarken buldum. Babam üniversiteye gitmiş, "Benim çocuklarım bana yalan söylemez. İmtihan kâğıdını iyi yazdığını söylüyor, buna bakar mısınız?" demiş. Hoca da bakıp doğru olduğunu söylemiş. Babam hocayı eve gönderip, benim haklı olduğumu, eylülde ismimi bile yazsam sınıfımı geçireceğini söyletti.

Burada sınırsız babalığın baş aktörü oldu benim için.

Üç çocuğunun da yatılı okulda okumasını istedi. Kendisi de öyle okumuş. Sonradan bu isteğinin, hayatımın yönünü değiştirdiğini anladım. Yatılı okulun yoksunluğu içinde varolmak yaşam tecrübesi için önemliydi.

Hayatı krallar gibi yaşamayı severdi. Yani güçlü, gösterişli, heyecanlı, zevkli, anlamlı ve çoğaltarak. Parasından hiç söz açmazdı. Ama her istediğimizi pek çaktırmadan yapardı.

Babam önce Fahamet Hanım'a gitmiş, sonra da ölmüştü. Trajedilerin sınırsızlığı söz konusuydu. Yaşama böylesine güçle, zevkle, iştahla, şıklıkla asılmış bir adamın yokluğu... İşte evrenin sonsuzluğu bile bu kadar engin değil. Yeryüzünde böyle bir acı ve yoksunluk sanki oluşmamıştı. Çölün ortasında bir yudum su veren bile yoktu. Babam günahları ile çekip gitmişti. Bu günahı güçlü bedeni taşıyamamıştı.

Çünkü bu olay bir insani günahtan çok, babamı istemediği bir düzleme taşımıştı. O düzlem de ölümdü. Zaten ölmeden biraz evvel yine Samet Ağaoğlu babamı hastanede ziyarete geldi. "Ahmet Muhip Dranas ile birlikteydim, senin iyileşip yanına geleceğini söyledi." dedi. Babam da şairin davetine yine onun dizeleriyle "Aldanma ki şair sözü elbette yalandır." diyerek yanıt verdi... Ve konuyu uzatmadı.

Sonra da bize dönerek "Ben istediğim gibi yaşadım, sizin diplomalarınızı aldığınızı görmek isterdim ama size güveniyorum. Bana bir şey olursa sakın üzülmeyin." dedi. Belki o istediği hayatı yaşamıştı. Ama biz onunla istediğimiz yaşama henüz doyamamıştık. O, bunu da anlamıştı.

Şairin sözleri, güzel hayalleri yalandı. Babam bir iki gün içinde öldü.

Babamın yokluğu Fahamet Hanım'ı küçülttükçe küçülttü. Yaşamdaki bütün projeleri bitmişti. Başarısızdı işte. Onca ilişki, onca fantezi yok olmuştu. Üstelik beyinlerde kalan da bir sinema filmi bile olamazdı...

Evet, o kadın okuduğu romanları şuur altına yerleştirmiş; insani sınırlarını genişletmiş, kendini enteresan bir varlıkmışçasına ortaya atmış. Oturuyor, tek katlı iki odalı evler çiziyor, sonra bir usta tutarak ve kendisi de çalışarak evi yaptırıyor. Bir bahçe içinde üç dört tane ev. Başka yerde hiç görülmemiş böylesi. Sonra içine çini sobalar koyuyor. Sabah kalkıp o çini sobayı yakarak o evi ısıtıyor.

Evde öyle onun zamanına uygun yemekler pek pişmiyor. Her tarafa kendi işlediği kanaviçe örtüleri koyuyor. Mutfak bile böyle. Öyle fazla yenilip içilmekten daha ziyade basitleştirilmiş ama fantezi noktalarında iddialı bir ev. Bu yaptığı evlerde bizim ailenin bütün fertlerini günlerce davet ederek ağırlıyor.

Bir kere kütüphane bizim aileyi dağıtacak nitelikte... Besbelli... Kocaman bir aileden iki kişi çıkarmak ancak bu kitapları okuyarak oluyor demek ki. Zira babam kendisinin ve annemin hemen hemen bütün ailesini bizim oturduğumuz Eskişehir'e getirmişti... Onlarca tüten baca babamın kolonisine aitti. Babam bu kolonideki herkesin yaşamını süsleyebilirdi. Onların hayat tarzlarını bile etkilerdi.

Kolonyal hayat bizim için kısa sürdü. Zira babam tasarladığı aile içindeki evliliklerin projelerinde pek başarılı olamadı. Koloni içinde genç yaşta ve çocuk yaşta ölenler oldu. Zaten babamın kafasına çok önceden girip de yer almış olan Fahamet Hanım, bu koloninin dağılmasının nedeni oldu.

Sonuç olarak bizim koloniden tüten tek bir baca kalmadı. Her şey, herkes, hiçbir şey oldu. Yok oldu. İnsanların bir kısmı yaşadı ama ne yer o yerdi ne yaşananlar o yaşamdı. Onca aile, onca beraberlik, annemin çok yüksek değerlerle kurduğu evlilik, ortak arkadaşlık, akrabalar, yok oldu.

Babam evlendikten sonra II ay yaşayabildi. Çünkü yaşam kompozisyonunu kendi elleri ile bozmuştu. Başka bir düzleme geçmişti. Ama anlaşılıyor ki yeri o yer değildi. Kendi beyni ile kendi vücudunu yok etti.

Onca şıklık, kurulan fabrikalar, söylenen şiirler, edinilen dostlar, çocuklar, yeğenler, her şey bitmişti. Daha ölmeden bitmişti. Hepsi şekil değiştirmişti. Babamın kurduğu yeni hayatın aktörleri olmak zordu. Babam bile onca haşmete rağmen bu evliliğin iyi bir aktörü olamamıştı. Bana kadının yanında yumuşak evcil biri gibi gözüktü.

Bu adam benim babam olamazdı. Benim babam, yaşamı kendi istediği gibi sinirli, hırçın, korkusuz, fantastik, verici, dost, hareketli ve o dönemin tabiri ile Avrupai yaşamak isteyen biriydi. Kapıda adamlar, evde çalışanlar, arabalar, misafirler gibi bir hayattan, iki kişilik gecikmiş bir aşk hikâyesine düşmek acıklı olmuştu.

Üstelik babamın ihtişamını kaybettiğini biz de düşünüyorduk. Onu bu zaafından dolayı küçümsemeye bile başlamıştık. Oysa ne parası eksilmişti ne işi bozulmuştun ne de bize olan duyguları farklılaşmıştı. Aynı mükemmel babalık sürüyordu. Babalık konusundaki kürsüsüne hiç halel gelmemişti.

Hatta bir gün bana kısa bir hikâye anlattı. Bir düğüne gitmiş. Orada üç oğlu olan yaşlı bunak bir adama rastlamış. Adam babamın boynuna sarılmış. "Beyefendi ne milyonlarca servet ne çok güzel bir kadın, bir evladın babasının boynuna sarılması kadar mutluluk veriyor." demiş. Galiba babam da ağlamış. Hikâye bu noktada noktalandı ve aramızda bir daha konuşulmadı. Ben sonra bu hikâyeyi düşününce babalık fantezisini böylesine çoğaltmanın da büyük bir hayal olduğunu, bu konudaki sınırsızlık olduğunu düşündüm.

Bazen büyük bir aşk ve büyük bir para babalık duygusu kadar olamıyor olmalı. Evet, yaşam madem sonlu işte böyle duygular olmalı. Ben böyle duygulu bir adamın çocuğuydum. Bu duygulardan yokluğa, hiçliğe, çok genç yaşta babamı kaybederek ulaştım.

Cumhuriyet sonrası annem ile babamın yaşadığı günler daha uzun günlerdi. Daha büyük çaba gerektiriyordu. Türkiye fakir ve tüketimi bilmeyen bir ülkeydi. Balolardan başka ihtişamlı sahneler Atatürk'ün çevresinde belki vardı... Kızılay baloları, Cumhuriyet baloları böyle küçük sahnelerdi. Ama içindeki yaşam heyecanı büyüktü.

İlk kez kadınlı erkekli, müzikli yerler, yeni duygusal alanlar olmaya dönüşüyordu. Kadınlar birden dantelli tuvaletleri ile kendilerini dans pistlerinde buldular. Nazım Hikmet şiirleri ezberde, Yahya Kemal ortalardaydı. Entellektüel hayat bir yandan kendi içinde sürüp ayrışırken, Batılı gibi yaşamak ileri olmak demekti.

İşte bu birden gelen kadınlı erkekli yaşam zaten kolay kolay aşağılara inmedi. Üst çevrede kaldı. O da bizim ailenin karizmasını bozmaya yetti. Değişim kaçınılmazdı ama ailede armoniyi yaratmak da değişimi oluşturmak kadar zordu.

Annem, babam, Fahamet Hanım, kocası ve bazı başka Cumhuriyet bürokratları bu balolardan yaşam keyfi ürettiler... Sabahları gelince konfetiler, düdükler, maskeler gibi oyuncaklar getirirlerdi. Biz de bu modern hayatın ilk nefeslerini alırdık. Hiçbir şeyi tam anlamamıştık.

Ancak bu düdükleri, maskeleri, konfetileri masumiyet müzesine kaldırabilirim. Koca koca insanların çocuklar gibi düdüklerle vakit geçirmeleri, konfetiler atmaları masumiyetten başka ne olabilir? İlle de sabaha kadar oturmak, geç yatmak, çocuksu bir yaşama kucak açmak değil mi?

Bizim kuşağın daha Batı'da yaşayanları için bu birliktelikler çoktan vardı. Zaten kadınlı erkekli yaşam orada yerleşikti. Yani bizim aileyi küçük beyni ile bozan Fahamet Hanımlar oralarda bu işleri çoktan yapıp bitirmişlerdi.

Masumiyet dönemi bu sıralarda kendinden söz ettirebilir. Ancak giderek müze, müzeliğinin altını çizerek masumiyetten uzaklaşıyor. Para yeni ellerde birikiyor ve sayıları az.

Toplumsal yapının sınıfsallaşmaya başlaması da kadın erkek ilişkisini dar alana almış gözüküyor. Aynı meslek gurupları, aynı tarzda tüketenlerin bir arada oluşu gibi... İşte iş yerlerindeki aşklar bu yeni dönemde başladı. Patronlar sekreterlerine âşık oluverdi. Evdeki kadın ile işteki kadın zenginlik gibi durdu. Sonra araya giren tüketim toplumu, metresleri üretti. Aşklar metreslerle çoğaldı. Evdeki kadınlar mutsuz oldu.

İkinci kadın, Anadolu'da kumalık adı altında zaten vardı. Biraz palazlanan erkek mutlaka ikici kadını elinin altında tutmak istiyordu. O dönemlerde erkeklerin kadın açlığı altı çizilir biçimde sürmekteydi. Bizim çocukluğumuzda genç kızlara laf atıp peşine düşmek vardı. Kızlar biraz cevap vermeye kalksalar acayip sopa yerler, eve kapatılırlardı.

O zamanki aşkların edebiyatı çok önemliydi. Mutlaka bir şiir yazılır, bir şarkı o aşk için adanırdı. Şarkılar da zaten baştan beri söylediğim gibi gerçekliği olmayan aşklar için yazılmıştı. Herkes kabarık yüreği ile bu şarkıların içinden geçerek kendi aşklarına pay çıkarır, sonra da ümitsiz aşk şarkıları bölümüne geçerdi.

Bu aşk hikâyesi bir yudum mutluluk uğruna epey can yakardı. Çünkü en büyük yasaklar dinlerle birlikte kadın erkek ilişkisi üzerine gelmişti. Bu üzerine geliş, aşk yaşamının her saniyesini altın değerinde mutluluk hâline getiriyordu. Zaten olmayan bir şeydi, bir hayal âlemiydi, bir de hem zaman hem mekân olarak inanılmaz kısıtlıydı.

Zamanın ve mekânın aşk hikâyesine kullanıldığı yerlerde aşk falan kalmadı. Zaman canavarı ancak çok kısıtlı olunca aşkı taşır. Aşk hikâyesinin kahramanları da aktörleri de, aktrisleri de yalancıdır. Onların duyguları da hormonlarının yalancısı oluvermiştir.

Babamın aşk hikâyesi ise bu kadar kategorik ve ilkel değildi. Çünkü yirmi yedi sene içinde örülmüş bir ağ, babam elli altı yaşındayken sahneye gelmişti. Yani boğucu hormonal dönemin bittiği, babamın da etrafında pek çok kadının bulunduğu bir ortamdı. Öyle köşeye sıkışmış bir zaman da değildi. Uzun bir zaman içinde Fahamet Hanım tarafından düzenlenmişti.

Fahamet Hanım, annem dâhil hepimize yıllarca büyük özen göstererek babamın yanına bu kadar girebilmişti. Hepimizi bu aşk trajedisinin birer kahramanı hâline getirmişti. Nezaket, duygu ile bezenmiş olduğu yanları da vardı. Aşırı düşünce ve duygusallık da. Hatta annemi sigara içmeye bile o alıştırmış. Gelincik sigarası bile o romantik paketinin altında bizim ailenin bütünlüğüne göz dikmiş, daha doğrusu Fahamet Hanım önce ailenin bütün fertlerinin beyin hücrelerine saldırmış, onları yumuşatmış, yenmiş.

Çevreden merkeze güzel bir harekât hazırlamış. İşin içine de orijinallik katmaya çalışmış. Kuzenlerim falan hepsi tek tek onun karantinasına alınmış, devşirilmiş. En büyük devşirme de babam tabi. Ama annem, babamın yanında olmasaydı bunu böyle işleyip dokuyamazdı.

Bir gün Fahamet Hanım İstanbul'dan bize geldi, yanında da başka akrabalarımız vardı. Annem ilk araba kullanan kadınlardan biriydi. İlk kimyagerlerden olduğu gibi… Onları arabasına alıp gezmeye çıkarmış. Orman alanı içinden geçerken ağaçlar geçit alanını kapamış ve araba motorlu trene çarpmış. Bu büyük faciada annem komaya girdi. Fahamet Hanım'a bir şey olmadı. Bizim evde kalmaya devam etti.

Annem ile Fahamet Hanım'ın dostluk zirvelerindeki gezintisi böyle bir facia ile bitti gibi. Zira annem hastanedeyken, Fahamet Hanım babamı bir hayli boş buldu. Anneınle arkadaşlık zirvesi, babamla aşk. Bu nasıl bir aşk? Yıllanmış dostluk macerasının en zirvede olduğu bir facianın üstüne geliyor. Fahamet Hanım'ın yaptığı duygusal yatırımlar tabii işlevine başlıyor.

Biz ise faciayı bitirmek istiyoruz. Babam da perişan. Annemi hangi uçağa koyup nereye götüreceğini şaşırmış bir durumda. İşte yine ailenin de facianın da, aşkın da, duyguların da sınırsızlaştığı bir an. Böyle bir ana astronotlar uzaydan bakınca hiç de içine girmek istemezler.

Zira her şey zaten bir anda hiçbir şeydir. İşte kocaman ailenin dağılmasındaki facia da böyle bir şey. Fahamet Hanım'ın örgüsü bir başka düzlemdedir artık. Bu gecikmiş, hazırlanmış, örülmüş, özenilmiş, bütün detayları ile ele alınmış aşk hikâyesi artık sahneye gelmek üzere yola çıkmıştır.

Fahamet Hanım sınırsızlığı annesinden öğreneli çok olduğu için roman geç bile kalmıştır. Ama başarı için detaylar sürmelidir. Annem arkadaşlık macerasının sonuna gelmiş ama o canının derdine düştüğü için, aynı zamanda da kız kardeşi ağır hasta olduğu için meydanı bırakmıştı.

Fahamet Hanım aslında tahsili olmayan biriydi. Roman tahsili ile gelmişti. Bu tahsil de hayallerin kahramanlık ettiği bir dünyaydı. Orada herkes her şeyi yapabilirdi. Oralarda zaten her şey hiçbir şeydi. Dolayısı ile gerçek bir ailenin dağılmasıyla, romandaki bir ailenin dağılması fazla uzak değildir. Gerçekte de bu böyledir, işte o kadın da bu roman tahsilini iyi kullanmış. Aradaki gerçeğin de önemsiz olduğunu roman yazarları zaten ona öğretmişler.

Arkadaşlık, kardeşlik, annelik falan onun için masal. Zaten

anne de olamamış Annesi de anne olmaktan çok sevgili olmuş. Hem babasına hem amcasına aşk dünyasını yaşatmış. Sıkışık dünyada yaşamış bir kadın Fahamet Hanım. Romanları okumasa da, annesinden aldığı ve gördükleri onun mutlaka böyle bir macera yaşamasını gerektiriyordu.

Fahamet Hanım'ı da babamı da evlendikten sonra ortak çevre kabul etmedi. Anadolu'nun küçük bir kentinde bu hayal ve gerçek çok fazla geldi. Kimse kapılarını çalmadı. Bizim üzerimize o kadar yatırım yaptığı hâlde biz de babamın evine gitmedik. Bu konan sahneyi paylaşamadık. Anneme yapılan oyunları anlamak istemedik. Sadece onun yanında kalarak bu işten uzak kaldık.

Dönüp geriye bakınca gri çizgili paltoyu Fahamet Hanım'ın satın almaya kalkmasına takıldım. Burada bir başka şok beynimi sardı. Acaba burada uzanılmak istenen kişi gerçekte annem miydi? Çünkü babam öldükten sonra kendisine yakın olduğumuz takdirde bize mirasını bırakacağını söyledi.

Bizi annemin yanından kendi alanına çekmek istedi. Annemin kocası bitmiş, şimdi çocukları kalmıştı. Sanki bizim için bir hatıraydı. Annemi mutsuz eden, bizi babamızdan ayıran ve bunu otuz yıllık bir zamanda düzenleyen bu kadının çocukları olacaktık. Peki, ama bu korkunç teklifi ve aklı neden oluşturdu?

Tabii satın alamadığı gri çizgili palto gibi olduk. Olan biten trajedi onu etkilememişti. Asıl yenmek istediği belki de ulaşmak istediği annem miydi? Bu soruyu sonradan sormaya başladım. O ise her şeyin hiçbir şey olduğunu fark bile edemedi.

Hatta evin eşyalarını ayırırken annemin kendi çeyizinde getirip oraya bıraktığı bazı şeyleri de kendine paket etmişti. Annem bize, "Bırakın alsın." dediyse de biz eve alınan yeni eşyaları ona bırakıp annemden kalanları ayırdık. Annemin dikiş makinesini bile götürmeye kalkmış.

Gerçekte her şey hiçbir şey olalı çok olmuş. Ama ona bu tüketim yetmiyor. Annemi baştan tüketmeye çalışıyor. Çocuklarını yanına alarak meydan okuyor. O çocuklar biziz. Ve annemizin gururunun hiçbir zaman, hiçbir şey olamayacağını çok iyi biliyoruz.

Zaten daha önce de babama meydan okuduk. Onu evlilik serüveni içinde sadece lokantalarda gördük. Evine gitmedik. Bizim gibi büyük bir sevgi seli içinde olan çocuklar için, bu yoksunluk zaten büyük bir sıkıntıydı. Resmen evsiz kalmıştık.

Biz annemle oturuyor, babam da bizim eski komşu Fahamet Hanım'la bizim evde oturuyordu. Bir gün babamı almaya gittiğimde eşikten içeri adım atmadım. Bunu anneme büyük bir ihanet olarak gördüm. Babamla evin eşiğinde buluştuk, bir yarım saat kadar.

Evren çok büyüktü, astronotlar küçük mavi yuvarlağın içinde olan biteni artık hiç anlamak istemiyorlardı. Vücutlarının sınırlarını bile idrak edemiyorlardı. Beyin büyük bir oyunbazdı. Biz kürenin içinde varlıkla, yokluk, olanla olmayan, zaten de hiç olmamış olan duygularla, oyalanıyorduk. Bu kargaşada ölüm bile teferruattı. Kaos ölümü yaratmamıştı ama ölümle oynayabiliyordu. Ölüm kaosu seviyordu besbelli.

Keşke bir başka dünya bulsaydım ve içinde ben olmasaydım. Belki astronotlar gibi uzaktan mavi varlığı seyreder, bunca olumsuz sandığım oyunu bilmezdim. Gerçekte her şey hiçbir şeydi. Bunu, olan bitenden sonra torunumun bana sorduğu sorularla hissettim en fazla?

Bana, "Senin annen baban neredeler? Yani kaç numaralı evde oturdular? Seni neden bırakıp gittiler?" sorularını soruyordu. Ben torunuma annemle babamın kaç numaralı evde oturduğunu söyleyemedim. Her şey öyle bir tarumar olmuştu ki, on odalı büyük bir evde oturduğumuz hâlde o evi torunuma anlatmadım. Çünkü o ev belki duruyordu. Ama o evde artık herkes yoktu. O evin, tadı, kokusu, kadını, erkeği, insanları, misafirleri hiçbir şeyi kalmamıştı.

Torunuma o evi anlatmak istemedim. Orada astronotların yanına gittim. Mavi gezegenin içindeki vahşeti torunuma anlatmaktan utandım. Bu top içinde güçlüler genelde katil olurlar; güçsüzleri yerler. İnsanlar âleminde ise bazen insanlar güçlü de olsa başka insan tarafından yenmek istenir. İnsan beyni karmaşıktır ve kıskançtır bazen. İhtiyacı olmadan da düşmanlık yapabilir. Bu büyük bir kapasitedir.

Bu kapasite belki de rekabete dönüşür sonunda, medeniyeti yaratır. Ama insanlık nerede durur o belli olmaz. Bu kabiliyetli beyin, sürekli rekabete mi, yoksa yaşamın insanı insan yapan yanlarına mı yönelmelidir? Sürekli rekabet hayvanlarda da vardır ama karşısındakini anlayıp el vermek sadece insana mahsustur.

İşte o insan bu vahşet içinde bulunmaya çalışırken, hiçbir şey hâline gelir. Ama yine de ona insanlık kalır. Torunuma bu insanı anlatmak biraz zor. Hele "Bilgi Toplumu"ndan sonra geldiğimiz bilgelik toplumunu anlatmak için çok erken.

Bu yeni toplum bakalım ne kadar başarılı olacak?

Torunum, her şeyin hiçbir şey olduğunu hissetmiş, bana "Pavarotti nerede?" diye soruyor. Onun annem ve babamla tanışıp tanışmadığını merak ediyor. Pavarotti ölünce başka dünyalar da olmalı diye düşündü. Ben tanışmadıklarını söyleyince "O zaman ben gittiğimde onları mutlaka tanıştırırım." diyor. Torun haklı, biz haksız bir durumda varlıkla, yokluk kavramlarını gözden geçiriyoruz.

Ona aşk hikâyelerinden söz edemiyorum. Zaten bu duygu çok cazip olsa da çok acı veriyor ve sadece üremeye dönük. İnsanlar bunu abarttıkça abartıyorlar. O da hormonları çoğalınca bu tuzağa düşecek. Bırakalım düşsün, yaşasın ki yaşamış olsun. O zaman yaşamış olmak gerçeği kalıyor elde.

O zamanı orada bırakıp, astronotların salıncağı ile daha yakın geçmişe gelince, başkalarının dünyasını gözlemeye başlıyorum. Zaman biraz ötelenmiş, para biraz birikmiş. İlişkiler bir tüketim toplumunun simgeleriyle zenginleşmiş. Aşklar hep aynı.

Bu kez ilişkiler bir roman gibi işlenmiyor. Daha çapaçul atılımlar göze çarpıyor. Para baş aktör oluyor. Paralı erkek, gücü temsil ediyor. Bu arada magandalık da ortaya çıkıyor.

İstanbul'da artık zenginlik konuşulmaya başlanıyor. Biriken sermaye yeni ilişkileri oluşturuyor.

Şebnem Hanım İstanbul'un yerleşik ailelerinden birinin kızı. Zengin bir koca bulmak için ona gereken her şey öğretiliyor. Şebnem Hanım henüz ikinci kuşağa gelmiş bir zenginin gelini. Para yavaş yavaş birikiyor. Londra, Paris sokakları, caddeleri artık arka sokak gibi. New York ise büyülü bir kent. Oradaki oteller, şehirlerden söz açmak, müzikallere gitmek, gökdelenlerin haşmetinden söz etmek çok moda. 57inci kat IOI inci kat derken Amerikan Üniversiteleri konuşuluyor. Oralara çocuk göndermek ve derken gidip gelmek bir yaşam tarzı.

Şebnem Hanım'ın iki oğlu bir kızı var. Gerçekte o zenginlikten çok romantik bir ilgi bekliyor. Bu satın alınması mümkün olmayan bir şey. Ama Şebnem Hanım bunu istiyor. Aşk, yaşamak artık sınıfsal bir girişim. Şebnem Hanım'ın aşkı da yakın çevreden oluyor. Hatta Şebnem Hanım'ın çok âşık olduğu o erkeğe, daha önce onun bütün arkadaşları da âşık olmuş.

Hatta bu adam takıntı hâlinde ne kadar evli kadın varsa onların hepsini bir deniyor. Hepsi de bu adama kör kütük arkadaş oluyor. Ve bu kadınlar aynı erkeğe olan aşklarını birbirleri ile paylaşıyorlar. Sonra gecelerde yine eşler hâlinde beraber oluyorlar.

Bu olup bitenler küçük bir gurubun içinde yaşanıyor. Ama gurupta birbirinin karısına bakmak neredeyse gelenek. Kadınlar bu ortamda kendilerini daha fazla kadın hissediyorlar. Süs püs, mücevher, hello şekerim, derken millet birbirine kayıyor.

Şebnem Hanım ise bulunduğu yerde sıkı durmak zorunda... Büyük bir skandal olabilir. Hatta bu küçük flörtler gibi olmaz. Faciaya yol açabilir. Ortalığın hem zengin hem en çapkın âşığı Şebnem Hanım'ı hedefe alıyor. Skandal falan onu ilgilendirmiyor. Zira uzun zaman birlikte olduğu bir arkadaşı, onun karısını elinden alalı çok bir zaman geçmemiş oluyor.

Bütün kadınlar ayartılmalı, diye düşünüyor. Bunlar özellikle evli kadınlar olursa daha heyecanlı oluyor. Hele de en yakın arkadaşlarının karılarıysa sahne şahane oluyor. Geceler uzun, kadınlar süslü, erkekler istekli... Tatlı hayat yeni başlamış.

Şebnem Hanım'ın âşığı için sokaktaki bakımsız bir kadın ya

da genç kız pek bir şey ifade etmiyor. Kadın gibi kadın olmalı. Kocasından hafif sıkılmış, kendine dönmüş, kimliğini yenice anlamış biri. Bakımlı olması için paralı, paralı olması için de aynı çevreden bir başka paralının eşi. Artık zenginlik konuşuluyor. Bir anlamda naylon dedikleri hayat. Romantik olmak en önemlisi... Kadınları iyi dinlemek ve jestlerle devam etmek.

Erkeğin fiziki gücünün yerini, para gücü almış. Yakışıklı olmak fena değil, bu da giyim kuşam ile denkleşebiliyor. Yalı sahibi olmak, kotra almak, lüks arabalara binmek artık çok önemli. Bütün bunlar yeni modern hayatın tüketim araçları.

Malikâneler, burada verilen davetler, alkol duvarını aşırtan ikramlar. Her şey yeni, çekici, renkli, tılsımlı.

Şebnem Hanım böyle gecelerde... Aslında bir başka erkeğe bakmanın kötü bir davranış olduğunu şuur altında yaşıyor. Ama bunca değişiklik onda bir dik kafalılık oluşturuyor. Hakan Bey'in onun yanında oturması, ona ince iltifatlar etmesi, hatta biraz ilanı aşk etmesi yaşamı renklendiriyor.

Şebnem Hanım aslında mütevazı olmayı seviyor. Zenginliğin altını başkaları gibi çizmiyor. Ama Hakan Bey'in tedrisatından geçmemiş arkadaşı yok. Hepsinin hâli pür melali, perişanlığı ortada. Ama o da bu aşkı yaşamak istiyor. O da kocasından boşanmayı göze alıyor.

Sonuçta para pek çok sorunu hallediyor. Ama Hakan Bey'in tecrübesi, kadınlara yaklaşımı, kadının hassas noktalarını yakalamayı bilmesi büyük bir lüks. Bu bambaşka bir rüya âlemi... Yaşanmışlıkların üstüne yaşam kurmak. Gerçekte Hakan Bey daha önce karısının kardeşinin de büyük aşkıydı, çok yakın bir arkadaşının da... Ama işin ilginç yanı bunlar girift ilişkiler işte. Efsunlu olması burada.

Kaç yıldır kocası diye gördüğü adam artık bir baş belası. Kaçak görüşmeler, uçaklar, seyahatler, zamanın kısıtlı olması, hesap vermek yaşamın bütün lüksünü bozuyor. Para artık iyice insanların koynuna girmiş. Önemini yitirmiş ve biraz da yakın çevrede herkeste var.

Ama böylesine büyük servetler arasında macera yaşamak herkesin kârı değil. Herkes biraz flört ediyor ama servetler arası kimse böylesine uçamıyor. Bunu birkaç kişi yapabiliyor. Akşam davetleri giderek sıklaşıyor. Hatta herkes birbirinin kocası ile uzunca bir zaman göz önünde baş başa bile kalabiliyor.

Partiler gibi davetlerde romantik danslar da göz önünde oluyor. Ama çiftler bunu bir modernleşme olarak ele alıp, çoğu kez birbirlerine sormaktan çekiniyorlar. Yani "Neydi o dans öyle!" demek biraz garip kaçıyor. Serde Avrupalı gibi olmak var. Hem de böyle olmak bir medeniyet gösterisi.

Ancak yine herkes içinden bunun bir hoşlanma olduğunu ya da böyle bir arayış olduğunu biliyor. Durumlar biraz deforme. Neden başkanının kocası ile öyle dakikalarca sarmaş dolaş dans edilsin ki? Ama yeni hayat böyle oluyor. O danslar da oralarda bitmiyor.

Gizlilik çok önemli ama işe yarıyor. Herkes Şebnem Hanım kadar gözü kara değil. Bu işleri gizli telefonlarla falan idare ederek yetinenler de var. İnanılmaz bir devinim ortada. Şebnem Hanım "Ben gidiyorum." deyince kocası istersen gitme falan diyor. Hatta zaman bile tanıyor. Ama bu öylesine bir tutku hâline geliyor ki Şebnem Hanım kaçıyor.

Hem de koskoca bir kadın olarak evinden kaçıyor.

İnsanlar bir süre bunu konuşuyor. İçine kendi düşüncelerini ve tutkularını da katıyor. Genelde ayıplanıyor Şebnem Hanım. Ancak Hakan Bey paralı güçlü biri. Öyle açık açık karşısında durmak da kolay değil. Zaten Hakan Bey için önemli olan o kadını almak; o aileye bir ders vermek. İşin aşk yanı bir zaman içinde tavsıyor. Çoluğunu çocuğunu riske atmak ön plana çıkıyor. Çocuklar anne veya babadaki kusurları hiç unutmuyorlar.

Tıpkı bizim de daha önce babama yaptığımız gibi. Büyük direkler yıkılıyor. Anne bir başkasının kadını, annelik ikinci rol olmuş. Başrol başka bir adamın kadını olması. Anneden çok kadınlığına oynaması. Bunlar çocuklar için kızdırıcı şeyler. Anne anne, baba da baba rolünü hiç bırakmamalı.

İşte böyle kırık roller yine her şeyin hiçbir şey olduğu yoksunluğa getiriyor. Para bu yoksunluğu kapamıyor. Onca emek, çoluk çocuk, ortak çevre, arkadaşlar, hepsi, hepsi değişiyor. Hiç bir şey eskisi gibi olmuyor. Hiç bir şeymiş gibi oluyor. Mutluluk sahneleri fotoğraflarda bütün içtenliği ile kalıyor. Fotoğraflar da herkes hem genç hem mutlu.

Kimse büyük değişimleri beklemiyor. Büyük aşkların ortaya dökülmesi ve yaşamı etkilemesi ortamı dağıtıyor. Yaşamdaki yapılması en zor olan şey armoni yok oluyor. Yerini kaos alıyor. Kaos içinde aşk zor kalıyor. Babam böyle bir durumda çekip gidiyor. Ama herkesin bunu yapması söz konusu değil çünkü babam için armoni çok önemli. Bu ince bir iş. Ama pek çok erkek armoniyi düşünmüyor. Yaşadığı zamanları önemsiyor.

Bozulan dengeler, sevgiler, sevgililer, çocuklar, büyükler önemli olmuyor. Bu dönemde para ile yeni aşklar bile satın alınıyor her şeyin hiçbir şey olması bile satılık hâle geliyor. Şebnem Hanım içi boş bir hâle geliyor. Kalan yaşamında, hem parayı hem anneliği hem eşliği kendine kaldığı kadar yarım yamalak götürüyor. Çünkü anneliğin de karılığın da arkadaşlığın da paramparça olduğu ortamlardan geçiliyor.

Şebnem Hanım'ın artık başka biri olduğu kesin.

Ancak Hakan Bey evli kadınları ayartma işini hâlâ heyecanlı buluyor. Bu sefer bir başka yakın arkadaşının karısını ayartıyor. Kadın o heyecanla hemen kocayı boşuyor. Yine dedikodulu büyük bir aşk sahne alıyor. Hem de geçmiş skandal üstüne.

Şebnem Hanım üstelik bu yeni aşkın aktrisini de çok iyi tanıyor. O da bir başka arkadaşı. Hem de Şebnem Hanım'ın yaşadıklarını çok iyi bilen biri. Şebnem Hanım artık sahneyi bozmuyor. Bu yeni aşk çılgınca sürüyor ama evliliğe dönüşmüyor.

Bu dönem de bu kuşağın yaşlanması ile biraz tavsıyor ama bir hayli alışverişten sonra. Çünkü daha yeni insanlar, daha yeni paralarla geliyorlar. Bu yeni gelenler eskileri kadar sofistike olmuyor. Ortalık kalabalıklaşıyor. Daha fazla kadınlı erkekli yaşam gündeme geliyor. Kalabalıklar arasında arkadaşlık arası aşklar tavsıyor.

Biraz da kara para daha fazla satılık gibi duran yeni kuşak kadınları satın alıyor. O kadınlar aşklarını paraya dönüştürmekte ustalaşıyorlar. Zaten kara para da bu işin en güzel alt yapısı. Metresler eşlere daha saygılı davranıyorlar. Aşk konusu da borsaya çıkmış bulunuyor. Buralarda her şey para oluyor. Duygular hiçbir şey hâline dönüşüyor.

Şebnem Hanım aşkların kadını olduğu hâlde olan bitenden mutlu olmuyor. Kendi kendine kaldığında ben neden bütün bunları yaptım, diye hayıflanıyor. Öyle bir noktaya geliyor ki artık para, aşk, kadın, erkek, bir şey ifade etmiyor... Çevresi onu bir guru olarak görüyor. Oysa yaşamının en fırtınalı zamanlarında herkes karşısına çıkarak kendisine yeni bir ahlak koydu.

Bu işin ahlak ile fazla da ilgisi yoktu. Sonuçta bir yaşam ve aşk hikâyesiydi. Zararı Şebnem Hanım'a olmuştu. Çünkü bunca skandal, duygu, aşk, aile, servet, para gerçekten hiçbir şey olmuştu. Şebnem Hanım bu hiçbir şey olmayı çok iyi taşıdı.

Hem parası vardı hem şöhreti vardı hem de bir kocası vardı ama bunlar bir şey ifade etmiyordu. Şebnem Hanım bir roman kahramanı olduğu hâlde öyle gibi de durmuyordu. Çünkü roman kahramanı olmanın da hiçbir şey olduğunu anlamıştı.

Daha bilge, daha mütevazı, daha görgülü biri olarak o çevrelerde bulundu. Aldığı pozisyon değerli bir hâldi bana göre. Ama ona özenenler hiçbir zaman böyle bir duruş sergileyemediler. O kuşak kadınları ve erkekleri kadın erkek konusunu daha takılmış olarak yaşadılar. İlle de bir erkek, bir kadın arayışına girdiler.

Yeni gelişen estetik ameliyatlarla genç görünmek heyecanına fazlaca kapıldılar. Seksin, aşkın, kadın erkek ilişkisinin bir üreme senaryosu olduğunu anlayamadılar. Komik hâllere girdiler. Çünkü de hiç genç durmadılar. Deforme oldular. Erkekler ise bu deformasyonu hiç anlamadılar. Ama bir zaman içinde onlar da heveslendi... Ve onlar da yüzlerini çekiştirdiler.

Şişmiş yüzlerle kadınlar birbirlerine benzemeye başladılar. Hele dudaklar inanılmaz oldu. Yakın çevreden kadın ve erkek ayarlamak ise oldukça dağıldı. Ama bir kuşak, kadın arkadaşın eşi, erkek arkadaşın eşi ile çok yakından ilgilendi. Buralarda kocalar daha müsamahakâr durdu. Çoğu boşanmaya kalkmadı. Aşkı bitirip evliliğe devam ettiler.

Şebnem Hanım bu olayları bilge bir insan olarak izledi. Olan biteni müstehzi karşıladı. Kendinden genç kuşağı yargılamadı. Onun da hayatında her şey hiçbir şey oldu. Ne kocası anlamlı ne serveti çok önemli ne çevresi gerçekti. Herkes yeni Şebnem Hanım'ı konuşlandırmaya çalışıyordu.

Buralardan Fahamet Hanım'a bakınca, onun hikâyesinin bir seks macerası olmadığını, daha çok önceden yazılmış bir senaryo, daha da fazlası romansı olduğu anlaşılıyor.

Her şeyin hiçbir şeye bir anda dönüştüğü yaşama anlam kazandırmak da bu romanların marifeti. Çünkü romanlar kalıcı. Yüzyıllara ulaşabiliyor. Aşklar ise kısacık bir zaman aralığı içinde cereyan ediyor. Ve tüm canlılar bu birliktelik için çok büyük bir enerji harcıyorlar.

ÇOCUKLAR, AŞK HİKÂYESİNİN SONUCU

Çocuklar ise daha uzun bir zamanın ürünleri oluyor. Ama çocuklarla yaşanan sevgi hikâyesi bir sonuç. Sonuç olduğu için de hep terse çalışıyor. Sürekli vermek gerekiyor. Vermediğiniz zaman analık babalık çöpe gidiyor.

Aşk hikâyesinin geride bıraktığı bitmez bir vericilik ortaya çıkıyor. Bu ortamda bir zaman geçiriyorsunuz. Ancak bu zaman artık sizin zamanınız değil. Bedeniniz de siz de tükenmeye doğru yol alıyorsunuz. Oysa o çocuklar ileri bakıyor. Onlar size dönüp bakmaktan fazla keyif almıyorlar. Onlar arkadaşlarınız değil. Dostlarınız hiç değil. Onlar karmaşık birileri...

Karışmış genlerin ürünleri. Onları her gün yeniden tanıyorsunuz. Ama onlar sizi hiç tanımak istemiyorlar. Merak da etmiyorlar. Bu geriye dönük ilişkiyi mümkün olduğu kadar geçiştirip kendi yaşamlarını düzenlemek, mutlu olmak istiyorlar.

İşte yaşanan aşkların acı sonu. Doğrusu buralarda pek takılmamak gerek. O büyük aşk, o fedakârlık, o tutsaklık artık hiçbir şey. Her şeymiş gibi düşünmek kadar aptallık olamaz. Buralarda tıpkı maymun ailesinin büyükleri gibi rol yapmak gerekiyor. Arkada ve yalnız kalarak.

Oysa insan beyni zor yaşlanıyor. Daha doğrusu insan bedeninden daha geç, geldiği yaşı algılıyor. Bir an için onlarla olmak büyük bir keyif gibi dursa da, bu eğreti ata binenin çabuk inmesi gibi oluyor.

Fahamet Hanım'ın çocuğu olmamıştı. Acaba içindeki bu tutsaklıkta bunun da payı var mıydı? Babamı ayartıp beni evinde ağırladığı zamanlarda sabah kalkıyor, kahvaltı hazırlıyor, benim okul gömleklerimi ütülüyor, ayakkabılarımı boyuyordu. Onu çok sevmemi istiyordu.

Babamın kalbine giden yolun çocuklarından geçtiğini anlamıştı. Ancak bunca emek, bunca plan, bunca operasyon büyük bir aşkı mı, büyük bir tutsaklığı mı tarif ediyordu? Bence inanılmaz bir projeydi. Sonraki algıladığım aşklar hiç böyle değildi.

28 ŞUBAT 1997'DE PEK ÇOK ŞEY HİÇBİR ŞEY OLDU

Her şeyin hiçbir şey olduğu gerçeği yaşamın her alanında var. Bazen çok büyük bir iş adamı, kısa bir dönem içinde hiçbir şey olduğu yetmiyormuş gibi bir de özgürlüğünden olup hapislere bile düşüyor. Bu hayatları 28 Şubat'tan sonra çok gördük.

Gazetecilik dünyasında bir anda medya kulelerine taşınan patronlar, uçaklarla, yatlarla dolaşmaya başladılar. Medya para kazanmadığı için banka işine girdiler. Mevduatı cebine atan da oldu. Bu adamlar iktidarları devirerek, ülkeyi yönetmeye aday göründüler.

Güçlerini askerlerden aldılar. Askerlerin üst kademesi derin devlete karıştı. İnanılmaz bir sömürü düzeni ile ülke battı. Sonradan öğrendik ki yaşadığımız çok şey yalanmış. İktidarlar bir kukla, askerler kralmış ama kâğıttan krallarmış. Değişim onları yok etti. O müthiş asık suratlı generaller, ellerine bir lav silahı alıp, yalan söyleyerek basın toplantıları yaptılar.

Yargıyı ellerinde oynattılar. Yargı da zaten cüzdanı seçeli çok olmuştu...

Velhasıl ne asker askerdi ne yargı yargıydı ne sermaye sahibi gerçekti ne medya patronu sahiciydi... Gerçekler ortaya çıkınca herkesin hiçbiri olduğunu anladık. Ortada ne spor kaldı ne adalet ne yargı ne hükûmet. Bir sürü maskaralık tüm yaşamımızı alıp götürmüş. Ve biz gerçeği hiç bilmediğimiz bir âlemde yaşamışız.

Türküz ama doğru değiliz. Ülkenin başbakanını bile vaktinden önce ölüm döşeğine yatırmaya kalkışmışız. Koskoca Ecevit bir kuklaya dönüşmüş. Demirel askere şapka çıkarmış. Bir demokrasi kahramanı iken, bir darbe aktörü olmuş.

Demirel de, Ecevit de, alanların kralı iken bir anda askerin, hilebazın, adamı oluvermişler. Adamcağızlar oluvermişler. Ne halka söyleyecekleri söz kalmış ne de gelecek. Her şeyi bitirivermişler. Şan, şöhret, güç hiçbir şeye dönüşmüş.

Bunlara verilen oylar, bunlarla geçirilen zamanlar meğer yokmuş. Çünkü onlar da o bulundukları yerlerde yoklarmış... Oralar da derin devlet. Derin asker, derin bürokrat ve dış güçler üzerinde oturuyorlarmış. Biz onların hayalleri ile avunmuşuz, gerçekleri ise asker karşısında ezik birileriymiş. Hatta devlet baba insana bir güzel işkence eder ve binlerce insanı da öldürürmüş. Hatta ölülerini de saklar çöpe atarmış.

Meğer paraları faizciler cebe indirir halk ödermiş. Hiçbir şeyin gerçek fiyatının olmadığı bir zamanda yaşamışız. "Böyle bir âlemde acaba biz kimmişiz?" diye sormak geliyor içimden. Bunca safsata içinde mutlu olmaya, başarılı olmaya çalışmışız.

GAZETECİLİK DİYE BİR MESLEK MEĞER TÜRKİYE'DE YOKMUŞ HER ŞEY DERİN DEVLET İŞÇİLİĞİ İMİŞ

İyi gazetecilik, çalışkanlık, bilgi sahibi olmayı istemek gibi bir gülünçlük içinde çabalamak. Oysa iyi gazeteciler derin devletten iş getirenler, askere selam çakıp manşet atanlarmış. Bizim gibi geri zekâlılar ise, bu tür gazeteciliği bilse de bilmezden gelip işine bakarlanmış. Bütün darbelerde işlerinden edilmişler.

Gazetelerde yazılıp çizilenler ise gerçekle pek bağlantısı olmayan habercikler imiş. Çoğu da yazı işlerinin uydurması. Gerçek olan biteni derin devlet ve onun uzantıları biliyormuş. Bizler uyduruk haberlerle okuyucuyu ve kendimizi aldatmışız.

Yani yaşadığımız yıllar yalan yıllarmış. Üstelik bu yalan yılları şimdi bize geri verecek birileri de zaten hiç olmamış. Astronotlar uzaydan mavi yuvarlağa bakarken nasıl da gerçeği yakalamışlar. Yaşamın da evrenin de gerçeği henüz bilinmiyor...

Berna, genç bir gazeteci, basında ilk imzası çıkanlardan. Cumhuriyet gazetesinde çalışırken tanıdım onu. Bana işe gitmeyi, haber yapmayı anlatmıştı biraz.

Sonra onu bir başka büyük gazetede gördüm. Üç sene falan geçmişti aradan. O büyük gazetede topuklarını anlamlı anlamlı yere vurarak büyük bir haşmetle dolaşıyordu. Yanına yaklaştım, biraz sohbet ettik. Kendisine nasıl da kısa bir zamanda bu kadar önemli karar merkezine geldiğini sordum. Çünkü neredeyse gazetenin kasasının anahtarı bile ondaydı.

Bana çok çalışmanın önemli olduğunu söyledi. Vay canına dedim, demek çok çalışınca kısa bir zamanda bu meslekte ilerlenebiliyormuş. Sonradan anladım ki bu gazetede yayın yönetmenine yakın olursan gerçekten atlamaca oynuyorsun. Ama bu ağır bir iş. Başkaları bu yolu uzun zamanda alıyorlar.

Sonradan bu gazetede bazı kadın gazetecilerin yukarılarda çalıştıklarını, bazılarının da aşağıda süründüğünü anladım. Şimdiki tabirle bir tür mobing olayı hakimdi. O çirkin adamın odasında oturup sohbet etmek bile önemliydi. Adam konuyu zaten öyle koyuyordu... "Benim yanımda olursan aşarsın, olmazsan sürünürsün..."

Bu gazetecilik bir erkek mesleği; asla da, hele bundan kırk sene önce kadınlara yol vermek mümkün olmazdı. Uzunca bir süredir de olmadı. Berna kadınlığın zirvelerinde dolaşıyordu. Bir güç hâline gelmiş ancak karşılığında acaba ne vermişti? Ne vermesi gerekiyordu?

Buna rağmen önceki kuşağın yayın yönetmenlerinin önüne geçip gazetenin kasasına varıp kendine verilen işleri yapıyordu. O adamlar sonradan gelen çapulcu kabilesinden değildi. Yani arkasından teneke çalmıyorlardı.

Zaman içinde bıyık altından güldüler.

Ancak kapalı kapılar arkasında dönen kadın muhabbeti, nasıl bir kadın erkek ilişkisiydi, bu sonradan biraz anlaşıldı. Berna bir zaman içinde "homongolos" tipli adamdan sıkılmıştı. Yapılacak tek şey bir başka erkekle beraber bu mobing tarzı iş hayatını yürütmekti.

Öyle yapmaya çalıştı ama artık "Asiye nasıl kurtulur?" piyesi oynamış, kadınların iş dünyasındaki çerçeveleri sınırlanmıştı. Asiye kurtulmadan devam edecekti. Berna bir süre sonra homongolos yöneticiyi kızdırdı. O da onu hiç hakkı olmadığı hâlde bir başkasıyla bastırdı. Zira polis o eski yönetmenlerin avucunun içindeydi.

Sonra basına bu anlamda bir isim daha kayıt düştü. Ama o mesleği bırakmadı ve sonuna kadar kadın özgürlüğü konusunu izledi. Hatta feminist akımın da önlerine düştü.

Burada görgüsüzlük hakimdi. Kadın iş dünyasında, yetmiyor, özellikle de basın da. Uzun zaman ve hâlâ da en başta kadınlar olamadı. Erkekler onları her şekilde bastırdılar. Hem polisle bastırdılar hem de medyada bastırdılar.

Medyaya gelen kadınlar da imzaları gözükmeye başlayınca ilk işleri kocalarını boşamak olup kendilerini isimli, onları isimsiz buldular. Boşadıkları kocaların yerine de pek doğru dürüst adamlar getiremediler.

Medya dünyası erkekleri şımarttığı kadar kadınları da şımarttı. Ama bu erkek üstünlüğünün giderek artmasına engel olamadı. Aşklar da bu duruma ayak uydurdu. Yani Berna'nın yolu yer yer açık gibi durdu... Gerçekte de Türkiye'de de, dünyanın pek çok yerinde de Asiye pek kurtulmadı. Yani kadınlar hakkettikleri mesleki yere, erkek dünyasında erkeklerin hegemonyasını aşıp pek gelemediler.

CUMHURİYET SONRASI ÇALIŞAN KADINLAR

Bunları düşününce, yine aklıma annem geliyor. Cumhuriyet sonrası, kocaman bir şeker fabrikası ve kimyahanesinde annem var. Hem de erkekleri yönetiyor. Burada konuşlandırılmış bir görgü var. Hem de annem en yüksek maaşı alıyor. Erkekler elleriyle annemi işaret ederek birbirlerine gösteriyorlar.

Bilgi olarak annemin üstünde kimse yok. Kimse de kadınlığını meslek ortamında ona hatırlatmıyor.

Türkiye yeni sanayi toplumu oluyor ve annem orada bir yenidünya kraliçesi olarak işini yapıyor. Yaşamımda annemle gururlandığım kadar hiçbir şeyle gururlanmadım. Buralarda her şey, her şey olarak kaldı. Bu gurur bu onur yerinden edilemedi. Onun mezar taşına "Gurur abidesi" yazdım. Babamla ayrılırken de bu abide yerinde duruyordu... "Haydi bey güle güle..." dedi.

Berna'dan sonra hiç söz edilmedi. O basın kraliçesi yok oldu. Meslekte pek kalamadı. Sonra duyduğuma göre çok Bernalar geçti huzurdan. Hiçbiri de tepelerde duramadı. Aşk meşk arasında sürüklenip gittiler.

İş yerinde aşk, Cumhuriyet sonrası dönemin vazgeçilmezi oldu. Sekreterler işin içine girdi. İkinci kadın olarak yenidünyanın profesyonellerinin yanında yer aldılar. Patronlarını, karılarından daha çok görüp gözetmeye başladılar. Hatta büyük aşklar doğdu. Hatta yer yer metreslerin yerini de aldılar.

Sekreterler giderek profesyonelleştiler, asistan menajerler oldular. Âdeta bir başka lisan ürettiler. İngilizce Türkçe arası kavramlarda, Amerikan jargonu ile varoldular. Artık uçak biletleri, randevular, iş seyyahatleri, her şey onların elindeydi.

GENÇ PROFESYONELLER VE KADINLAR

Genç profesyoneller, özgür seyahatler, uluslararası toplantılar bir yeni hayat ve kadın erkek dünyası oluştu. Evdeki eş kadınlar sekreterleri kontrol ettilerse de, olacağa mani olabildiklerini sanmıyorum. Bence yer yer büyük trajediler çıktı ortaya.

Evdeki kadın bu erkeklerin gözünde durağan ve geri kaldı. Ev kadınlığı kocayı elde tutma sanatı hâline dönüştü. Güzel olmak, güzel kalmak önemli oldu. Estetik ameliyatlar kadın erkek ilişkisinin çıkarı oldu. Oysa erkekler yüzünü çektirmiş kadınları pek aramadılar.

Yüzü şişik kadınlardan memeleri yapılmışlara kadar hiçbiri onları ilgilendirmedi. Onlar kendi dünyalarını rahatlatan, kolay kadınlara baktılar. Bu kolay kadınlar da bir hayli asap bozdu. Artık küçük dünyaların içinde arkadaş eşlerine göz süzmek işi biraz geriledi. Çok üst tabakaya sıkıştı. Yeni gelişen profesyoneller, iyi para kazanmaya başladılar. Birer patroncuk oldular. Üstelik batmak tehlikesi olmayan patroncuklar.

Bunlar; disiplinli, yetişmiş adamlardı. Büroları iş yerleri de birbirine benziyordu. Artık büroların duvarlarında güzel resimler asılıydı. En yakın arkadaşlarıyla bile bu ortamda mesafe koyuyorlardı. Çay kahve sohbetinin yerini, saatle kısıtlanmış görüşmeler alıyordu.

Baskın yapan eşler bile bu ciddi ortamda pek yaygara çıkaramıyorlardı. Gerçekte aşklar dijitalleşmiş, iş seyahatleri devreye girmiş, havaalanları, toplantılar derken o aralara sıkışmıştı. İş çok, vakit az, rekabet yoğundu. Yine de aşklar kaçacak delik buluyordu. Hem de bir özgürlük havasını fazlaca yudumlayarak.

Burada evde kalıp canı sıkılan evli kadınlar da oldu. Ancak sanırım onlar çok çok gizli götürdüler bu yenidünyadaki, yeni ilişkileri... Çünkü kadınlar ilişkileri ile hava atmazlar. O işi erkekler kendi aralarında yaparlar. Kadınlar da sıkışık ama daha bireysel bir kimlik oluşturdular.

Sonuçta sekreterleri ile seyahate çıkan kocaların karıları, barlarda, kafelerde erkek arkadaşlarıyla iletişime girdiler. Yeni kadınlı erkekli yaşamda özgürlük kapıları aralanmıştı. Hatta eşler bazen durumları seziyordu bile. Bazen böyle dedikodular yapılıyordu ki eskiden bunu kimse ağzına almak istemezdi.

Hatta üst tabakadaki aşklar biraz daha aşağılarda taklit ediliyordu. Daha doğrusu sekreterler, yeni iş dünyasının uzman kadınları, görünür hâlde oldular... Ev kadınları biraz üzüldüler ama onlar da kendi yollarını bazen ayrılarak, bazen düzeni yenileyerek buldular.

Kadının erkek dünyasında varolma çabası. Paranın daha fazla erkek üzerinden gelmesi kadınları çok bunalttı. Evlilikten sıkılan erkekler dışarıdaki kadınlara tereddütsüz kaydılar. Çünkü yasalar kadına nafakadan başka bir pay vermedi. 2OO2 yılından sonra değişen yasalar durumu biraz değiştirdi. AB kriterleri daha özgür kadın portresini getirdi. Bu da Anadolu kadınına yaramadı. Boşanmak isteyen kadınlar, kendileri kadar modernleşmemiş kocaları tarafından öldürüldü.

Bu cinayetler sürüyor.

YENİ ADAMLARI VE SAHTE KADINLARI

Geçmiş dönemin en lezzetli aşk maceraları iş adamları ile sahne kadınları arasında yaşandı. O süslü püslü kokulu, tuvaletli kadınlar erkekleri mest etti. Hele bir de sesi iyi ise işler yamandı. Aktris kadınların çoğu giderek daha çok erkek değiştirdiler. Büyük aşklar yaşadılar. Evli erkeklere sahip olma çabası verdiler.

Bu kadınlar çok mutlu ve çok mutsuz oldular. Her anları ışıkların altındaki komedi ve trajediler gibi oluştu. Trajediler ağır bastı. Bu kadınlar da giderek çok erkekle, çok parayla şöhretli yaşamı sevdiler. Gazino patronları ile birinin metresi olmak arasında da dolaşanlar oldu. Hem tutsak bir hayat hem ışıklı bir hayat sürdüler. Çok özgürleşemediler, hep ikinci kadın oldular ve sonunda yalnız kaldılar.

Dişi çok kesenler evli adamlardan çocuk sahibi oldular. Gönül Yazar gibi gazete patronu ayarlayan fazla olmadı. Ama paralı adam çok kadınlı adam demek oldu. Kadınlar doğasal seçim güçlerini para üzerinden yapmaya başladılar. Göbekli, kent soylu olmayan tipler devreye girdi. Parayı bulan bazı kadınları satın aldı. Bazılarını tutsak yaptı.

Kumalık, metreslik, ikinci kadın olmak, tercih edilmek acılı oldu... Ama imam nikâhı gibi geçici çözümler de sürdüyse de ikinci kadının dramını çözemedi.

Kadınlar para için ikinciliğe çabuk razı oldular. Erkek dünyasında kadınlığın dışında var olmak zor işti. Kadının doğasına da aykırıydı. Çünkü doğada dişilerin böyle bir zorluğu yoktu. Seçtiği erkek ile istediği süre içinde beraber oluyordu.

Yani işler paraya dönüştü. Para da pek çok şeyin olduğu gibi kadın erkek ilişkisini de, büyük aileyi de bozdu. Aşklar paradan ötürü düzenlenmeye başlandı. Güçlü erkek paralı erkek... Satın alan erkek. Seçemeyen kadın. Paranın, daha sağlıklı kuşaklarda genlerin bir araya gelmesine mani olduğunu düşünüyorum.

Türk filmleri uzun zaman zengin fakir tablosunu haklı olarak ele aldı. Çünkü işin püf noktası da buradaydı. Doğal seçimin yerini paradan ötürü seçimler aldı. Yaşlı ve çirkin paralı adamlar genç ve güzel kadınlara sahip oldu. O genç kadınları bıraksaydınız, çoğu o adamlara varmazdı.

Büyük aşklar paranın üstesinden geldi mi, bilmiyorum. Para mutlaka onların tutkusunu da çözmüştür. Çünkü para biteviye değil ama getirdiği duygular biteviye duygular. Bir kere alıştın mı getirisi hep aynı. Bitince ise felaket. Zaten çoğu kadın da böyle beceriksiz ve çirkin bir erkeği istemiyor.

Entellektüel dünyada daha farklı aşkların olduğu düşünülebilir. Belki onlar da bilginin durduğu yerde tartışılır oluyordur. Yani doğal seçim burada da pek olmaz. Ama büyük bir dayanışma ve arkadaşlık işin daha sofistike yanını oluşturabilir.

Bireyselleşen toplumlarda eşcinseller de kendilerini ifade etmeye başlarlar. Onların da kanlı bıçaklı aşkları vardır. Yalnız para onların aşklarını da biçimler. Fakir gençlerin zaman zaman yaşlı adamlarla yaşamını birleştirdiğini görmüşüzdür.

Ah bu para. Bizim gençlik günlerimizde zenginliğin konuşulmadığı yerler ve zamanlar vardı. Genç kızlar iyi okumuş kocalar arardı. Zengin koca kavramı daha sonra ortaya çıktı. Her tabakanın zengin kocası oluştu. Genç kızlar da dişilik konumlarından fırlayarak bu kocalara doğru rekabete girdiler.

Bazı kız çocukları da Anadolu'da para ile satıldı... O çocuklara kadın muamelesi yapıldı. Büyük bir insafsızlıkla para bu işin içine sokuldu...

İşte yaşamın dar sokaklarında değişim, dinler, para, çoğu kez her şeyin hiçbir şey olduğu dünyaları yarattı.

AH BU MEDYA PATRONLARI

Önceleri metresleri, aşkları ile erkek dünyasını derinden etkileyen gazete patronları kuşak değiştirdi. Giderek banka alıp zenginleştiler. Yayın yönetmenleri profesyonel iş takipçilerine dönüştü. Bir yandan da askere selam çakan tipler oluştu.

Bir duyuma göre medya dünyasında patronların gazetelerini yönetenlerle duygusal bir bağ kurdukları görüldü. Bu bağ seksüel bir ilişki değil ama her şeye rağmen bir bağımlılık şeklinde. 28 Şubat süresi içinde her kalıba girip kendilerine para kazandıran bu adamlar, her şeyin hiçbir şey olduğu zamanlarda da patronlarına hükümetmeye devam ettiler. Hatta bazıları içeri girdi, bu yönetmenlerin yaşamı pek bozulmadı. Hatta bu adam birini batırıp hapse tıktıktan sonra öbür patrona gitti. Sanki güç dağıtan ve insanı ezen bir adam türü oldu. Bazıları da ailenin bir ferdi hâline dönüştü. Hatta başka duygusal ilişkiler de kurarak bulunduğu yerde kaldı. Ne kadar saçmalarsa saçmalasın, aşk masalları yazsa da yerini korudu.

Karşılıklı sırlar mı? Yoksa ortak çıkarlar mı, yoksa duygusal alanın genişliği mi bu işlerin başını çekti bilemiyorum.

Hatta aile fertleri arasında kıskançlık bile oluşmuş bu adamlar için. Bu adamlar 28 Şubat'ı yönettikleri hâlde ordular içeri girdi, bunlar tahtlarında kaldı. Birkaç liberal yazar bunlara defalarca dokunup hırpaladıysa da bir şey değişmedi. Topluma verdikleri zararın manevi hesabı sorulmadı. Buralarda her şey hiçbir şey olmadı. Çünkü onlar zaten hiçbir şeydiler.

Patronlardan birinin kızı, epeydir iş başında. Artık sonradan zenginleşen aileler kızlarını işin başına getiriveriyorlar. İşi bilmeleri de gerekmiyor. İşte böyle büyük bir iş adamı üst yöneticisini evli kızıyla basıyor. Kızın kocası meydanda yok. Babası gizlice giderek kızını basıyor. Kızını iş başına getiriyor ama onu basmaktan utanmıyor. Burada düşman olan kızı mı? Yoksa yöneticisi mi? Bunu da anlamak zor oluyor.

Yani toplumsal hayatta ilişkiler birden fazla boyutlu olmaya başlıyor. İngiliz klasikleri gibi analık, babalık ötesinde bir çarpık duygusal alan ortaya çıkıyor. Bizi hayal kırıklıklarına uğratan annem ile babamın hikâyesi çok masum kalmaya başladı.

Değişim, masumiyet müzesini oluşturdu. Orhan Pamuk da bu müzenin müdürü oluverdi, duygusallık düzlem değiştirdi. Zaten duruşu tam anlaşılmamış birtakım insanları para değiştirdi. Zenginleşen medya ve bazı sermaye sahipleri bu duruş yoksunluğunu içlerine sindirdiler.

Kaç yıllık karılarını genç kadınlarla sekreterlerle değiştirdiler ve bunu fazla da utanmadan yaptılar. Hatta ölmek üzere olan eşlerinin son günlerinde, damat oluverdiler. Yaşlı adamlar genç kadınlardan torunlarından küçük çocuklar edindiler.

MASUMİYET MÜZESİNİ ZAMAN ZAMAN PAMUK'TAN ÇALIYORUM

Orhan Pamuk'un masumiyet müzesine girmesi mümkün olmayan yeni olaylar oluştu. Hiç de masum değillerdi. Artık aşk yaşamanın sadece sevgi üzerinden olmadığı besbelliydi. Erkekleri soyup soğana çeviren profesyonel kadınlar bile oluştu. Üstelik bunlar orospu falan değildi. Basbayağı, tüketim dünyasına ayak uydurmuş, fevkalade iyi okullarda okumuş da olabilen insanlardı. Ancak çoğunun yaşamı hiçbir şey gibiydi.

Genç kadın bir gün arabasında giderken, trafikte sıkıştı... Karşıdan gelen çok ünlü bir erkek şantördü. İnanılmaz bir seksapeli vardı. Trafik sıkışınca ahbaplık başladı. Genç şarkıcı acele içinde nişanlısına yetişmeye çalışıyordu.

Sıkışan trafik ise sohbetten başka bir şeye yol vermiyordu. Trafik açılmaya başlayınca bu çok ünlü genç şarkıcı bu ahbaplığı bırakmak istemedi ve diğer arabanın içinde oturan iki genç kadına kendisi ile birlikte onun gittiği yere gelmelerini istedi.

Kızlar önce şaşırdılar ama sonra razı oldular. Genç şarkıcı çok şöhretli ve karizması fazlaca hissedilen biriydi. İki arkadaş şarkıcının gittiği yere kadar gittiler. Onları arabadan çıkarttı ve evine götürdü. Herkes şaşkındı. Ünlü şarkıcı dev adam, dağınık eşyalar arasında kadınını arayan adamdı.

Nişanlısına iki genç kızdan birine âşık olduğunu ve ondan

ayrılmak istemediği için onu eve getirdiğini söyledi. Kızlar şaşkın, nişanlı anlayışlıydı. Olan biteni hiç kimse anlamamıştı. Bir süre birliktelikten sonra kızlar nazik teşekkürlerle ayrıldılar.

Şarkıcı aşkının peşini bırakmadı. Aşkı da yanındaki kız arkadaşından hiç ayrılmadı. Uzunca bir zaman onun peşinde konserlere, düğünlere, sünnet düğünlerine gittiler. Ama hiçbir mekânda birlikte bulunmadılar. Bu uzaktan aşk hem vardı hem yoktu hem azdı hem çoktu. Sonu da başı da yok oldu, bir hayal bir masal gibi kaldı.

Gerçekte unutulmaz bir fanteziydi. Ama unutuldu. O şarkıcı da öldü zaten. Nişanlısı uzun zaman karısı olarak kaldı. Yolda gördüğü genç kadın da o uzun zaman içinde bir anlık bir aşk olarak bile kalamadı. Daha sonra yaşanan aşkların yanında genç şarkıcının aşkı da masumiyet müzesindeki yerini aldı. İlk anda tanıdığı kadına âşık olup onu evleneceği kadına tanıştıran bir fantastik bünye de zaten yok olmaya mahkûmdu. Bu aşkı masumiyet müzesine kaldırdım.

Gördüğüm en tılsımlı aşklardan biri, bir erkek arkadaşımla sevgilisinin hikâyesiydi. Bu kadar romantik olanına ise bir daha rastlamadım. Büyük iş adamı benim onu tanımadığım zamanlarda da aşk yaşamıştı. Ama benim tanıdığım günlerdeki yaşamı çok ilginçti.

Sevgilisi ünlü bir aktördü. Geceleri beraber gezdiğimiz oluyordu. Gay barlara götürüyorlardı beni. Sonra da bir sarı taksiye bindirip evime bırakıp uzaklaşıyorlardı. Bir gün böyle bir planın başındaydık. Önce gidip ünlü aktörün bebeğine oyuncak ayı satan adamın bütün ayılarını aldık. Sonra ikimiz birden bir apartman katının zilini çaldık ve ayıların altından birden bağırarak çıktık. Bebek bizi görünce çığlıklar attı.

Boşça bir apartmana girdik. Bebeğin genç bir annesi vardı. Bizi gülerek karşıladı. Arkadaşım cebinden Cartier kalemini çıkardı. O bebek de duvarlara bu kalemle arkadaşımın ismini yazdı. Başına da BİG yani büyük demeği ihmal etmedi.

Sonra üçümüz evden çıktık. Gece kulüplerini dolaştık. Hatta kadınların para ile arkadaşlık ettikleri yerlere bile uğradık. Hatta ben bu süslü kadınları adamların eşleri sandım ve şaştım, onları aşırı profesyonel buldum. Sonra onların para ile arkadaşlık edip içki içtiklerini öğrendim.

Sonra onlar beni evime bıraktılar yine.

Sonra da bütün dünyayı, görgüyü, bilgiyi, sanatı, hayatı çok iyi bilen arkadaşım hastalandı. Ve onu son kez bürosunda gördüm. Beni hiç istemediği hâlde, onun yanına gittim. Hiç çaktırmadan onunla vedalaştım. O da her şeyin hiçbir şey olacağını bildiği hâlde belli etmedi. Şen şakrak bir ziyaret bitmiş gibiydi.

Çıkarken ağladım. Belki o da... Her şeyin hiçbir şey olacağını çoktan anlamıştı.

Sonra onun sevgilisi olan ünlü aktöre sordum? "Neden cenazesinde yoktun?" dedim. "Onu küçük düşürmemek için." dedi.

İkimiz de buz gibi kaldık. Onunla çok önceden ayrılık provasını yapmışlar. Onun başında her gün gidip gazetelerini okuyup meyvesini yedirmiş. Muzunu soymuş. Uzunca bir zaman vedalaşmışlar. Sonsuzu soluyup birlikte kalmışlar.

Nasıl bir aşk, nasıl bitmiş, nasıl vedalaşmışlar, ayrılığı nasıl bir tezgâha koymuşlar? Bunların hiçbirini soramadım. Bizim arkadaşlığımız da, onun büyük aşkı da, milyarlarca serveti de hiçbir şey olmuştu. Benim artık bu adamın bilgeliğinden, insanlığından, tercihlerinden edineceğim bir şey kalmamıştı.

O koskoca adam, büyük adam yok olmuştu.

Oysa bana en güzel yazların Nişantaşı'nda, soğuk bir apartman katında, klimalı bir odada geçmesi gerektiğini ondan öğrenmiştim. Şimdi bir daha hiç kimse böyle bir yaz hayal etmez, diye düşünüyorum.

İyi bir burjuva, bir Bizanslı, bir İstanbulluydu. Avrupa'nın büyük kentlerinde en pahalı lokantalarda dolaşmış biriydi. Kaldığı otellerde çocukluktan beri kalmıştı. Kendi kocamanlığı kadar da kocaman bir dünyası vardı.

Şimdi yok.

Zaman beni böyle eşcinsel aşkları yakından tanımaya kadar getirmişti. Sonradan yazdığım kitaplarda doğada erkek türünün biseksüel, %25'e yakın olan bir kısmının da eşcinsel olduğunu öğrendim.

Beni insan ilişkilerinin üçüncü boyutu ilgilendirir. Mesela hem kardeş hem iyi arkadaş olmak önemlidir. Bu karı koca arasında da böyle olabilir. Ya da müzikallerde işlenen, bir erkeğe âşık üç ayrı kadının serüveni... Bu bir masaldır genelde ama çok boyutlu bir masal olabilir. Yani ilişkilerde birden fazla paylaşım çok ilginç gelir bana.

AŞK
ÇOK BOYUTLU OLUNCA

Annem ile babamın hikâyesine karışan Fahamet Hanım'ın romanı da böyleydi. Hem annemin yerinde olmak onun paltosunu giymek istiyordu hem de babamı almak. Bunlar oldu ama bu çok boyutlu hikâye bizi aşırı mutsuz etti. Yine de, her şeye rağmen bir roman dinamiği vardı. Öyle geçiştirilmiş bir hikâye değildi. Trajedi ile sonuçlandı.

Benim yaşama, bir gün her şey hiçbir şey diye bakmama neden oldu. Bu romanın masumiyet müzesinde annemin, babamın, Fahamet Hanım'ın, kocasının birlikte fotoğrafları var. Hepsi de balolarda... Danteller içinde... Saçlarına maşa çekilmiş, inanılmaz özenle süslenmiş kadınlar. Kahkahaları fotoğraftan bile duyuluyor. Mutlulukları da, mutsuzlukları da...

O fotoğraflar, annemin o tuvaletleri, bizim masumiyet müzemizin esaslı parçaları. Babamın frakları, smokinleri de.

TATLISES ATEŞTEN SONRA

İmparator şarkıcı beyninden vurulduktan sonra önceden söylediği yüzlerce şarkıyı dinliyor. Bu adam o adam değil. Adamın kabası kalmış, incesi gitmiş. Ama her dinleyişinde o eski adamı arıyor. Türkiye'nin bağrından kopup bir halk kahramanı olmak, her şey olmak ve bir anda hiçbir şey hâline getirilmek istenmek.

Böyle bir nefes ve ses için mümkün değil. Şarkılar duruyor, adam geri gelmeye çalışıyor ama o adam değil. Kendi gibi olmak istiyor. Kasları müsaade etmiyor. Zıplamak dans etmek, milyonları coşturmak, uçağa binip ilanı aşk etmek...

O adam nerede? Birkaç hücrenin ölümü ile kadanslar çıkmıyor. Ama çıkacak. Bilen hücreler, bilmeyenlere öğretecek, yeni hücreler devreye girecek. Ve o adam geri gelecek. Herkes o adamı istiyor. Aşkları, kadınları, çocukları, tabancaları, dansları ve neşesiyle o adamı.

Adam bir kendine bakıyor, bir de eski sesini dinliyor. Hem kendini aşmış hem de o değil. Yıllarca süren bir emek sonucu yaptığı adamın yanına gelmek istiyor. O eski adam kaçıyor sanki. Böğründen nağmeler dökülüyor. Kalkıp dans etmek istiyor, hain iki adale ipini çekiyor.

Burada masumiyet müzesine gönderilecek bu inanılmaz ses var. Mağara kovuğundan şöhrete ve zenginliğe gelen adamın uçağı var. Bu uçağı masumiyet müzesine koyabiliriz.

Ben de bu gece babamın 52 model MERCEDES 3oo arabasını masumiyet müzesine armağan ediyorum. O arabada biz ailecek çok mutluyduk. Ve zamana göre çok lüks bir arabaydı. Asansörle önü arkası alçalıp yükselirdi. Annem, babam, ağabeyim, ben bu arabaya biner giderdik. Fahamet Hanım ona pek binmemişti. Hatta bu araba annemin şık tuvaletleri, dantelleri kadar masumdu. Ve biz o günlerde her şeyin hiçbir şey olacağını tahmin bile edemiyorduk.

İşte bu imparator şarkıcı dev adam da büyük serüvenler yaşamıştı ama böyle bir belanın başına geleceğini düşünmüyordu. Düşünseydi böyle şaşırmazdı... Ne kendine ne de o bülbül gibi şakıyan adama.

İmparator'un kadınları çoktu, hepsi de bu dünyayı biliyordu ama onlar da şaşkındılar. Ama hiçbir şey de her şey olabiliyor. Yoktan var olabiliyor. Ve yoktan var etmek Tanrı'nın işi olduğu kadar insanların da işi oluyor. Bir tek sanat eserleri sonsuza taşınabiliyor. Müzeler bu sonsuzu yakalayan mekânlar. Giderek insanlar müzeleri daha çok seviyor. Orhan Pamuk bile kendi romanlarının müzesini aşıyor. Yani hayallerine müze açıyor. Çünkü insanlar bu müzelere girmek istiyorlar...

TÜM ZAMANLARIN MASUMİYET MÜZESİ OLMALI

Gerçekte, yaşanan tüm zamanların bir müzesi olmalı. Ama bana göre de masumiyet müzesi gibi bir şey olmalı. Masum olmayanları bu müzelere koymamalı. Masum olmayan hayaller bile bu müzeye girmemeli. Yaşanan aşkların masumiyeti çok önemli. Mesela satılık aşkların yeri olmamalı. Gerçekleşince müzeye girebilirler. Müzenin hayalleri profesyoneller tarafından değil de, tırnakları ile yazılarını çoğaltan yazarların hayalleri olmalı ve gerçekle de ilgili olmalı. Gerçeği olmayan sadece hayalden türemiş bir müze bir şey ifade etmez.

İşte belki de uzaydaki astronotlar dünyaya uzaydan baktıkları zaman bu masumiyet müzelerini akıllarında tutabilirler. Yaşamı iyi bilmeden yaşayanların orijinal hayat hikâyeleri belki olabilen ve kalabilen en geçek hikâyelerdir. Zira doğadaki vahşeti, insanlar üzerinden sürekli anlatmak çok eğlenceli olmasa gerek.

Sonuçta hayata sürekli kaybetmeye gelmiş olmanın altını çizmek de bu mükemmel doğaya ihanet olur. İçine güzellikleri koymuş, içine kokuları sığdırmış, içine aşkı koymuş, içine üremeyi ve yavrulamayı koymuş... Yani insancıkları bir hayli kandırmış. Yaşamaya ikna etmek istemiş. Ölümü işin içine koymadan bütün bunları yapamazdı.

Ölümün güzelliği, üstünde fazla konuşulmamış bir konu. Ancak ölüm olmasaydı yaşamda hiçbir şey kalamazdı. İnsan beyni şimdi olduğu gibi ölümsüzlükte de bu küçük dünyayı yok eder, yer bitirirdi. İşte o zaman astronotlara bu dünya bile kalmazdı.

Ne para, ne aşk, ne aile, ne arkadaşlık, ne dostluk ölümsüzlüğe dayanabilir. Ölümsüzlük dayanılmazdır.

Ayrıca inanılmaz bir tekrar insanı çıldırtabilir. Oysa doğanın koyduğu düzende hormonlar başrolde, yaşlılığa doğru insanı sürükler. Bu oyunda kemikler ve kanser hücreleri önemli aktörlerdir.

Her şey bir acele ile güzelleşir.

Ölümden önce acele etmek gerekir. Yaşadım diyebilmelidir insan.

Böyle bir aceleye bir ünlü tiyatrocunun aşkına istemeden şahit oldum. Kendi altmışlı yaşlardayken genç bir mimar ile flört etmeye başladı. O günlerde evli kadınların göz önünde flörtü de pek görülmezdi ama Bodrum'un tatili ve özgür tatile yeni açıldığı günlerdi. Sonradan Bodrum, "bedroom" diye de adlandırıldı. Oldukça serbest ortamlar buraya gelen yeni yerli turistlerin başını döndürüyordu.

Sonunda biz de o zamanlar genç sayıldığımızdan bu bir gurup arkadaş ile bu aşkı izlemeye başladık. Çok fantastik gibi geldi bize. Zira ortada bir de tekne vardı. Bizler pansiyonlarda kalırken bu aşk teknede sürüyordu.

BODRUM'DA TATİL
BODRUM'DA AŞK

Herkes ertesi sabah olan bitenden haberdar olmak istiyordu. Aktris arkadaşımız durumun çok olağanüstü olduğunu, böyle bir durumu pek yaşamadığını iddia ediyordu. Biz de heyecanlanıyorduk. Bu yeni tatil düzeneği daha nerelere varacaktı?

Bodrum tek caddeydi. Denize bu caddenin etrafındaki küçük lokantalardan giriyorduk. Günü birliğine de tekne tutup kayalık koylarda yeni dünyalar keşifediyorduk. Hatta kaptanlar çok romantik giden aşkların nikâhını bile kıyıyorlardı.

Kurallar karmakarışıktı. Biraz Batılı olmak, biraz özgür olmak, biraz kuru sıcak havada hafiflemek, yeni bir âlemi oluşturmak telaşeleri kol geziyordu.

Bizim yakından izlediğimiz aşk ise İstanbul'a kadar sürmüş. Gerçekte biz bu aşkın encamını hiç merak etmedik... Önemli olan göz önünde tereddüt etmeden yaşanmasıydı. Sadece sahneler kaldı belleğimizde. İsimler hiç kalmadı.

Zaten de bu konularda isimlere hiç takılmam. Çabuk unuturum. Yaz deseler bile yazamam. Yaşam tarzları önemlidir. Zaten de her şey nasılsa bitecek, yok olacaktır. Sabaha kadar uyumamak o zamanlar bir Bodrum ritüeliydi. Gündüz sıcak olunca yeni gelen yerli turistler, tatil ortamında bunu geceye çevirirlerdi.

Belki de pansiyonlarda aşk yapmak sıkı denetlenmiyordu, bunun içinde bir farklılık vardı. Sonra Bodrum'u birkaç paralı adam, bir gazete sahibi keşifetti. O da fantastik sandığı aşklarını üst üste koyarak yaşamış buralarda. Sonra o da yok oldu.

Gündelik, özgür tatil yapanlar da, buralardan durmadan arsa almaya çalışanlar da, Bodrum yarımadasını sonradan katliama uğratacak olanlar da yok oldular. Ama Bodrum temeline koyduğu büyük aşklarla bir metropol hâline geldi.

Artık buralarda yaşanan aşkların, söylenen şarkıların başka yerlerden farkı yok. Çökertmeden çıkan Halil'in de başı selamet değil. Bunca kalabalığı ve pek de farklı olmayan aşklarıyla birlikte Bitez yalısına vardırmaya çalışıyor.

Her şey daha standart, daha tüketim kaynaklı; yollar, caddeler yeni sanayi toplumunun ürünleri ve reklamları ile dolu.

Bez entariler, gömlekler, sandaletler çoktan bitmiş.

Yine de eskisine göre daha özgür bireyler burada tatil yapabiliyordur. Ama yıldızları sayılı otellerde ve metreleri zor sayılan teknelerde. Hele o tekneler, Bodrum'un bütün sıcaklığını sanki sırtına alıp kıyılara taarruz edecekmiş gibi giriyor. Birer jilet parçası hâlinde dalgaların kalbini dağıtıyor, ahengini bozuyor. Bizler hemen koca kıçlı trandillerdeki saltanatımızı bu yeni teknolojik ürünlerle karşılaştırıyoruz.

Bu çelik gövdeli canavarlar okyanuslara göre yapılmış. Küçücük koyları bir dakikada devirip, yenilerini arıyor. Oysa biz o koylarda geceler geçirdik ve o koyların yalnız bizim olduğunu düşünüp, sevinirdik. Tahta teknelerde hiç yeni teknoloji aramadık.

Hatta çok lüks bir hayatımız olduğunu sandık. Mavilik, arkadaşlık, özgürlük. Şimdi bu sevdayı sürdürenler azaldı. Guletler, küreselleşmiş yeni teknelerle yarışmak istemiyor. Kendi ahenklerini seviyorlar. Ama bombardıman hâlinde kuşatılıyorlar. İçlerine eskiden yaşanmış tüm duygusallıkları sığdırmaya çalışarak.

Zaten Bodrum'u ilk anlatan ressamlar, yazarlar, artistler ve gazetecilerin çoğunluğu öldüler. Yok oldular. Keşifleri de yok oldu. Buralara başka insanlar geldi. Dünyanın en büyük yatları marinalara yerleşti.

Boşuna sevinmişiz bu ıssız sahiller bizim diye. O küçücük kayalık adaları da boşuna sevmişiz. Bir kısmı aynı soğuk yüzü ile duruyor ama kalabalıklar eteklerinde cirit atıyor. Burası kürenin bir parçası. Astronotlar uzaydayken ne buradaki olağanüstü klimayı, iklimi düşünebilirler ne de burada yaşanan uzunlu kısalı, mutlu mutsuz aşkları anlatabilirler.

Bodrum yarımadası dediğin işte böyle bir yer.

Şimdi eski zenginler üst üste yaptığı evleri, ormanları çözerek ticari hâle getirip yeni zenginlere satarak, kâr ediyorlar. İnanılmaz bir aç gözlülük meydanları oluştu. Buralarda sevgiden, aşktan eser yok. Sevenler ve sevilenler de burada bulunmuyor. Sürat tekneleri çalım atıyor. Jetskiler kafa koparıyor.

Sohbet muhabbet paraya dönüşmüş.

MASUMİYET MÜZESİNE MUHABBET BİLE KOYMAK ZORLAŞIYOR

Artık giderek "Masumiyet Müzesi"ne eşya ve muhabbet bulmak zorlaşıyor. Buraya kaldırılması tasarlanın eşyaların bir duygunun kalıntısı olması gerek. Oysa tüketim toplumu yıldırım hızı ile bunları toparladı. Bodrum aşklarından geriye birkaç sandalet uyarlaması kalmış olabilir.

Artık her şey hiçbir şey olurken, pek çok şey oluşuyor. Ama onlar ne size ait ne sizin zamanlarınıza ait ne de siz onlara ulaşmak istiyorsunuz. Masumiyet müzesi belki onları aşklarla birlikte sırtına alır taşır. Şimdilerde Anadolu'nun her yerinde küçük müzeler açıyorlar. Ora halkının aile fotoğrafları, elbiseleri, çaydanlıkları falan gibi şeyleri koyuyorlar müzeye. Bu müzecilik işi giderek önem kazanıyor. Ben görgü kurallarının bir müzesini açmak istiyorum. Duygular, görgülerle birlikte bu müzeye konsa... Yaşanmış en büyük aşkların görgüleri de saklansa.

Bir sevgiliye ilanı aşk ederken bulunan o en ince duygular acaba buzdolaplarında mı bulundurulsalardı? Buralardan üreyen edebiyat şaheserlerinin ne kadarı duruyor. Zira aşklar kadının ortaya çıkması ile rahlenin üzerinden aşağı iniyor. Ulaşılan kadına muamele değişiyor.

Erkek kadına ulaştığı an, kendi yalnız dünyasını yaşıyor. Başka kadınlar onun daha fazla ilgi alanına giriyor. Ta ki el altındaki gitmeye kalkarsa. Onun gidişi hazin olabiliyor. Hele şimdilerde, boşanmak isteyen kadınları erkekler direk öldürüyorlar.

Kadın evden çıkıp modernleşiyor. Boşanmak istiyor. Bu aşama da zor. Şayet boşanıp bir yaşam kurabiliyorsa o doğru dürüst bir cinayet nedeni oluyor. Ve kimse bu cinayetin bir aşk macerası olduğunu düşünmüyor. Bu katil olayı tamamen polisiye olarak ele alınıyor. Oysa orada inanılmaz bir kadınsızlık korkusu erkeğin bedenini sarıyor.

Başka erkeklerin kendi kadınına sahip olma duygusu çıldırtıyor adamı. Bu bal gibi büyük bir aşk trajedisi. Bunu yapanlar önce rahatlıyorlar. Sonra pişman olabiliyorlar. Ama o kadın artık yok; her şeyden önemlisi de başka birinin değil.

Geriye o kadına yapılan eziyetler, boşlamalar ve zaman zaman düşmanlıklar kalıyor. İlkel toplumlardaki anaerkil aile bu anlamda kadını büyük ölçüde korurdu. Sonraki erkek toplumları kadınları bölüşüp, kendilerine mal ederek paçavraya çevirdiler. Para ile satın aldıkları kadınları öldürmek, dövmek olağan oldu.

Kadınlar para piyasasından uzaklaşınca erkeklerin işine gelmediler. Para kadının eline verilmemeli. Kadın zayıf ve el altında olmalı. Hele başka birilerine hiç gitmemeli. Bu masal da böyle bitmemeli.

Satın alınmış kadını uyarmak için dayak şart. Nasıl ilişki kuracaksın? Buralarda güç, kol gücü olarak da ön planda. Dövüşüp, sevişmenin sonu yok. Bir tadı olsa gerek. Yoksa bu kadar uzun sürmezdi. Dünyanın her yerinde kadına dayak var. Dişiye ulaşmak için erkeğin verdiği mücadele, paranın işi bozması ile bitiyor. Testosteron hormonu seviyesini artırmak için dövüş gerekiyor. Başka dövüşecek erkek bulamayan paralı dünyanın erkeği elinin altındaki dişiyi dövüyor.

Burada aşk falan yok, sevişme de yok gibi, burada tamamen çiftleşme macerası var. İğrenç bir insanlık macerası gibi. Masumiyet müzesine kaldırılacak bir yudum duygudan bile söz edilemez. Buralarda olayı süsleyen bir eşya, bir şiir falan da olamaz.

Burası insanlık âleminin çölüdür. Astronotlar bu çölü uzayda bilemezler. Onca büyüklükler arasında bunca sıkışmış bir insanlık serüveninin olması mümkün bile değildir.

Ya dayak atarak onlarca çocuk yaptıktan sonra kaçan kadınları öldüren erkekler... Bazen aç gözlü savaşçı imparatorlar da bu mertebede olabilir. Kardeşini, oğlunu, öldürenler var ya; işte onlar. Onların ne mücevherleri, ne kaftanları masumiyet müzesine konabilir. Onlar ne kadar değerli olurlarsa olsunlar, birer çöptürler.

Para ve gücün deforme ettiği hayatlar uzaydan anlaşılamaz. Her şey yamuk yumuk, eğri büğrüdür. Görebilmek, seçebilmek imkânsızdır. Tıpkı insan beyninin eğri büğrü olduğu gibi. Her yere gidilir bu organdan. Son derece tehlikeli bir organdır.

BEYİN DENEN SONSUZ ORGAN

Bütün aşklar, kötülükler bu organda üretilir. Bu üretim hormonlardır. Onlar ki bütün aşkların sebebidir. Doğa bu hormonları genlerin taze olduğu genç yıllara yığar. İnsanı kendinden vaz geçirir. Sonra azaltarak kendine gönderir. İnsan kendine döndüğünde ne o erkek, ne o kadın, ne o sevgi kalmıştır. Her şey hormonların bir tuzağı olarak hiçbir şey olmuştur. En öldüresi aşklar, hiç olur. İnsan aklında kalan birkaç fotoğraf ile bu macerayı atlatır.

Yine de belli olmaz doğa birkaç tuzak daha kurup, insancıkları koşturur, oyalar. Zaman tatlı geçer gibi olursa da mutlaka faturası vardır.

Masumiyet yaşamın belki de en saklanası yanıdır. Onun içinde gerçek insan olmak vardır. Eğer konu aşksa oralarda gerçek aşka rastlanabilir. Burada biteviye bir özlem bedeni sarar. Bir kimyasal tutkal âdeta düşünceleri tek noktaya yapıştırır. Yaşamın diğer alanları yok gibidir. İki kişilik bir dünya evreni kaplar. Burada evrenin büyüklüğü hiçbir şey ifade etmez. Evren de bu tutkudan pek yararlanmaz. Bu tutku bu mavi yuvarlağın sihridir. Sırlar ve yasaklarla süslenir. Zaten yasak olmadan bu sır da oluşmaz. Gizli saklı bahçelerde sürünür bu tutku. Sahipleri hem mutludur hem değildir. Hasret vardır işin içinde ve mutlaka ayrılık. Zaman bütün bu enerjiyi yer bitirir yok eder. En büyük aşkların tek düşmanı zamandır.

Türk filmlerinde para bu işin içine sokulmaya çalışılırsa da, o filmlerde bile aşk parayı çoğu kez yener. Gerçek hayatta ise zaman her şeyi öldüren bir canavardır. Yeniden üretmek için inanılmaz bir kararlılığa sahiptir.

Ölüm eğer zamanla yarışırsa o zaman masumiyet müzesine konacak duygular oluşabilir. İki insanı ayıran ölüm, ortama yerleştiği an, yaşayan ile ölen arasında bir uçurum meydana getirir. Artık her gün beraber olan insanlar hiçbir gün beraber olamazlar. Sokak aralarında, iş yerlerinde, arkadaş evlerinde, uçaklarda, trenlerde, davetlerde, düğünlerde başlayan beraberlik bitmiştir.

Bütün tılsımlı zamanlar, mücadeleler, kıskançlıklardan artık söz edilemez. Bir ölü ile bir diri arasında hiçbir ortak yaşam olamaz. Beyin ise bunu bildiği hâlde idrak zorluğu çeker. Ara formlarda masallar düzenlenir. Oysa yaşam acımasızdır.

UZAKLAR DAVET EDİLEMEZ

Başka yaşayan biri o insana mutlaka daha yakındır. Dün koynunda kaybettiğin insan, yaşayan her insandan uzaktır. Uzaklar davet edilemez çünkü gelmemek özelliğine sahiptirler. Zaten ölüler de hiç gelmemiştir. O, zaman denen canavar gençliği. Güzelliği, enerjiyi, her şeyi yiyip bitirmiştir. Geriye bir tek bilgelik kalır. Farklı düzlemden yaşama bakmak. İşte zaman bunu insanın elinden alamaz. Çünkü bilgelik zamanın sunduğu yegâne hediyedir.

Yaşamın dar sokaklarından kurtulup evrende tek başına dans etmek gibi bir duygudur. Bir semavi duruştur sanki. Orada belki de insanın sadece kendini sevdiği bir düzlem vardır. Yalnızlığını ve ölümü çok severek idrak ettiği bir alan. Burada zamandan eser bulunmaz. Zaman buralarda yoktur. Mekân da olmayabilir. Dans ve müzik ile beynin bütün hücrelerini devreye sokarak kendi ölümüne meydan okumak.

Burada ancak kendine âşık olabilirsin. Bütün güzellikler senin içindedir. Yok, olması bir şey ifade etmez. Onları yaşamış olmak önemlidir. Yalnızlık, sonsuzluk, kendini sevmek ve ölümle sevişmek gibi bir şeyler hayal etmek.

Bu hayal âlemini sanat ve edebiyat süsleyebilir. Bu yalnız kalış, kendine dönüş, kendini seviş masumiyet müzesinde yer alamaz. Çünkü insan masum değildir çoğu kez. Bunun için de müzede daha çok objeler bulunur.

Annemin tuvaletleri, dantel elbiseleri, babamın frakları, kullandıkları arabalar aile müzesine girebilir. Babamın bizden uzaklaşmış gibi durduğu sevgi dünyasının hiçbir objesi müzede yer alamaz. Ancak annemin gururu ve gücü müzeyi yaşatır.

PARANIN ÜSTÜNDE DOLAŞANLAR MÜZEYE ALINAMAZLAR

Sadece paranın üstünlüğüne inananlar asla müzelerde yer bulamazlar. Paralar müzeye girebilir ama ona sahip olup da insani değerleri kaçıranlar insanlık bataklığında erirler. Paraları da çoğunlukla başkalarının olur. Çünkü insan yaşamında çok para bir deformasyon aracıdır. İnsan anlamlı ve sade olmalıdır. Çok paranın altında kalmak bazen bir acının altında kalmak gibi de olabilir. O gereğinden fazla insanı bozar. Paradan bozulmayan insan çok azdır.

Paranın üstünde dolaşanlar neredeyse masumiyet müzesine müdür bile olabilirler. Masum olmasalar da farklı bir düzlemde yaşayanlardır. Ölüm hayattan ve başkalarından ayrılmak demektir ama kendinden ayrılmak demek değildir. Buralarda kendini sevmek de yarar var.

Aşk masalını yaşamdan geriye çıkarınca pek fazla bir şey kalmıyor. İnsanlar yaşanmışlıklarını aşk masallarıyla ölçüyorlar. O hayalin peşinden koşuyorlar. Hayal yok oluyor, geriye belki birkaç çocuk kalıyor. İşte o çocuk macerası da insanın vaktini uzun süre alıyor.

Buluğ çağından sonra kendini artık kadın hissedenler oluyor. Onlara bu bilinci anneleri veriyor. Kadınlığın örneği onlarda. Hatta bazıları kızlarını alıp şarkıcı yapıyorlar. Böyle bir hikâyeyi ünlü bir şarkıcının ağzından dinlemiştim. Annesi onu zorla gazino sahiplerine götürüyor. Hatta annesi götürmesin diye masanın altına kaçıyor. Ama anne bunu dinlemiyor. Kendinde tadamadığı şöhreti, parayı, parfümleri, ışıkları, âşıkları istiyor. Bunu kızı üzerinden geliştiriyor.

Kızı ise zaman içinde bu parlak dünyayı seviyor... İçinde mafya olan ve daha çok kadınların paraya dönüşebildiği bir dünya. Hiç yoksa sahnede farklı değerlere geliyorlar. Yani fiyatları var. Kadınlıklarını fiyatlarla ölçebiliyorlar.

Biraz zor bir dünya ama sükseli ve paralı... Işıklı... Zaman zaman dehşet saçıyor.

O tanıdığım ünlü sanatçı sahne yaşamına başlayınca, sahne ve sinema dünyasında büyük aşklar yaşıyor. Zaman zaman kendi de âşık oluyor. Ama sahne denen ışıklı yer kadını ortaya attıktan sonra bir erkeğin yanında fazla bırakmıyor. Bu kadınlar daha sık aşklar yaşıyorlar ama gerçek kadınlıklarını hiç hissedemiyorlar. Çünkü onlar sahnede edindikleri yeni kişiliklerini giderek benimsiyorlar. Bu içselleştirme de onların sahici kadın olmalarını engelliyor. Zaman zaman paralı adamların ikinci kadınları olmaya razı oluyorlar.

Çok sorarsanız çocuk sahibi olma duygularından vazgeçemiyorlar.

Bunların peşine mafyanın da düştüğü oluyor. Yaşlanınca da evlilik trenini kaçırmış oluyorlar. Nikâhlansalar da alışılan evlilik masalına ayak uyduramıyorlar. Yalnız kalıyorlar. O ünlü tanıdığım şarkıcı da böyle oldu. Herkesten güzel, başarılı ve yalnız oldu.

Kadınlığını en çok sahnede yaşadı; inince bitti. Çiçeklerden medet umdu. Zira gazino dünyasının erkekleri gerçek kadınlarını evde tutup, buralarda sahne kadınlarını buluyorlardı. Bu kadınlar, kadın erkek olayını içselleştirmekten çok para olayını içselleştirmişlerdi.

Öyle herhangi biri onların dünyasına giremezdi. Parası olmalıydı. Oysa gerçek aşklar bu dünyanın dışında oluyordu... Seçim para üzerinden olunca aşk da deforme oluyordu. O ünlü sanatçı tanıdığımın aklında tek bir aktör kalmıştı aşk üzerinden. Belki de o aktörün de aklında da o kalmıştı.

BAZI FİLM SAHNELERİ MASUM AŞKLAR YARATABİLİR

İkisi de çok meşhurdular, çok uygun bir çift olabilirlerdi, olamadılar. Filmler çevirdiler. Belki o filmlerdeki aşk sahneleri masumiyet müzesinde yer alabilir. Çünkü bazen öyle sahnelerde, öyle bir hormon bombardımanı gelişiyor ki, ona aşk demek gerek. Hiç değilse filmlerde kalıyor. Zaten gerçekliği de buradan geliyor.

Sinemalarda çoğaltılan aşklar gerçek aşklardan bazen daha fazla kalıcı oluyor... Onlar yaşayan beyinlerde kalıcılıklarını sürdürüyor. Hayallerde sanki gerçekmiş gibi kalıyor. Bazıları ışıklar söndükten üç dakika sonra yok oluyor. O üç dakikada da beyin kendisini hazırlıyor.

İşte o masumiyet müzesine onların elbiseleri de verilebilir. Böylesine yaşanmış aşklar ne boyuttadır bilemem. Fiziki ortam, duyguların konsantrasyonu, aynı çevrelerde olmak böyle bir şey olabilir. Bu, "Binbirgece" dizisinde Halit Ergenç ile Bergüzar Korel arasında cereyan etti. Ve sanki biz bu aşkın kimyasını ekranlardan kokladık. Besbelliydi.

Emel Sayın ile Tarık Akan arasında da böyle bir ilişki olmuştu. Türkan Şoray ile Cihan Ünal da böyle bir set uzantısı aşk yaşadılar. Buralarda beyin hücreleri öyle inanılmaz faaliyet gösteriyor ki, diğer hücreleri ve hormonları da etkiliyor. Beyin bütünüyle bir aşk organı hâline geliyor.

AŞK, PARA İLE EVLENİNCE

Bu konsantrasyon zamanla aşağı düşüyor. Yani zaman ve mekân birlikteliği vücut kimyasını etkiliyor. Bu etkileşim de aşkları doğuruyor. Patronlar, sekreterleri ile bazen böyle aşırı iletişim içine düşüyorlar. Çoğu kez de o sekreterler birinci kadın olabiliyor.

Patronları ile evlenen orta hâlli sekreterler, birden zengin karıları oluyor. İşte buralarda paranın deformasyonu dolaşıyor. O sekreter kızlar güç ve parayı o mekânda birlikte görmeseler, belki de o adamların suratlarına bile bakmazlar.

Paranın bu işlere bulaştığı yerlerde ne astronotlar bir şeyler hatırlayabilir ne de masumiyet müzesi zenginleşebilir. Buralarda bulunmak da bir şanssızlık olarak kayda değer olmaz. Hatta zengin ailelerin kızları ile evlendirilen iç güveyi damatlar da böyle mutsuz adamlardır. Ne yapsalar yaranamazlar, bir eziklik tir gider. Bu bedava ekmek kursaklarında kalır. Türkiye'de zengin ailelerin damatları hep böyle ezik bir imaj çizerler. Onun için de "İç güveysinden hâllice" diye bir durum tarifi vardır.

İç güveysi olanları karıları da pek sevmezler. Kadınlar erkekte güç ararlar. Güç, para olunca güçlü erkek değil, paralı erkek aranır. O da eve getirilen damatta olmaz. Eğreti hâller kimseye yar olmaz.

Orhan Pamuk masumiyet müzesine objeleri koyuyor. Sinema

biletleri, elbiseler gibi. Ben elbiseleri de bulursam koyarım ama daha çok duyguları koymaktan yanayım. Nasılsa her şey hiçbir şey sonunda. En güzeli bazı duyguları, yaşanmışlıkları ve belki de aşkları girebilirlerse masumiyet müzesine almak.

Masumiyet müzesine koyabileceğim bir cibinlik var. Bu çok zevkli eşcinsel bir çiftin yatak odalarına koyduğu bir gelinlik misali cibinlik. Kurdelelerle nasıl da süslenmiş. İnsanın içinden her türlü cinselliği silip atarak içinde uyuma hissi yaratıyor. Bembeyaz bir beşik gibi. Bir bebek de burada mışıl mışıl uyuyabilir.

Bu eşcinsel çift uzun zaman birlikte yaşıyorlar. Mutlu olup olmadıkları bu gelinlik timsali cibinlikten anlaşılabilir. Burada her şeye rağmen bir masumiyet, bir romantizm yok mu?

Bu cibinlik bütün mutlu çiftlerin yatağına konabilir. Yatağın gelin olduğu ama yatanların gerçek anlamda gelin olamayacakları bir yer. Yine de bu yatağın da bir gelini olabilir. Kimbilir?

Peki, ama uzaydan dünyayı küçük bir yuvarlak gibi görüp, evreni algılamaya çalışan astronotların yaşamla ilgili maceralarından müzeye koyabilecekleri bir şeyler olabilir mi? Yoksa her şey hiçbir şey mi?

Yine de bu konuda yaşamak ön plana çıkabilir. Evrende henüz başka canlılara rastlanmadığına göre bu ebedi yalnızlıkta yaşanmışlıklar şuur altında duruyordur. Ancak kendini evrene hediye etmek gibi bir ruh hâlinde olan insanların, beyinleri ve hatta fizikleri müzeye kalkabilir. Hatta bunların yaşadıkları aşklar da.

Bu aşklar öylesine hiçbir şey olmuş ki belki de en masum hikâyeler onların aşkları olmuştur. Zira hormonlarla yücelmiş bir ortamda olsalardı, belki de bu ebedi yolculuğu göze alamazlardı. İnsanın nihai beyninde annesi, babası çocuklukta yaşadıkları, yaşamın başında çektikleri zorluklar ve giderek çocukları kalıyordur.

Gelişmiş bir beyin kendi içinde binlerce aşk yaşar ama bunun gerçekle hiçbir ilgisi olmaz. Benzemez bile. Beyin böyle bir olayı refleks hâlinde şuur altından rüyalara taşır. Yaşlılar böyle rüyalarla avunur. Zira gerçek yaşam bu rüyalar kadar efsunlu ve yaratıcı olamayabilir. Rüyalar hızlı geçer ve sonunda gerçekle karşılaşır. Oysa gerçek sanılan şey de hiçbir şeydir. Buralarda rüyalarla gerçekler birbirlerine karışır.

Böyle hâllerin uyuşturucu kullananlarda da olduğu söylenir. Ancak onlar kendi bedenlerini vererek bu rüyalara dalarlar. Uyanmaları da pek keyifli olmaz galiba... Ama yaşamak istedikleri, hayatın gerçeklerinden kaçarak hayatı yaşamaktır. Yaşamak için tam da gerçeklerden kaçılamaz. O zaman yaşamak olmaz.

Zor iş.

BEYİNDEKİ AŞK FAALİYETLERİ

Her şeyin hiçbir şey olduğu yaşamda böyle birbirine geçmiş hayaller acaba daha mı gerçek? Rüyalar neden gerçek dışı olsun? Bu bir beyin faaliyeti olduğuna göre gerçek. Yani hayaller gerçek ama yaşanmamış olabilir. Sanki yaşanmış olsalar daha mı kalıcı olacaklar. Hep aynı şey olmayacak mı?

Annem yaşlılığında zaman zaman istemeden babamla beraber olabileceğini düşündü. Daha doğrusu bunu babamın istemiş olduğunu ona söylediler. O da bu fikri sevdi. İnanmadan inandı. İnanmak istediği oydu. Ablam da bunu anlayıp ona böyle yarı şaka, yarı ciddi bir masal anlattı.

Bu oyunun ona mutluluk verdiğini düşündü. Ortada babam falan yoktu, gideli de çok olmuştu. Sonraları ben de rüyalarımda hep onları barıştırdım. Hatta babam kaçmasın diye eline bir de cep telefonu verdim. Babam hayaller arasında gidip geldi. Cep telefonunu pek kullanmadı. Ama ben de durmadan onu cep telefonundan arayıp annemin yanına çağırdım.

Burada kullandığım cep telefonunu bulsam hemen müzeye koyarım. O ne masum bir alet. Aradan elli sene geçtikten sonra, hiçbir şey olmuş varlıkları birbirlerine hayaller içinde bağlıyor. Belki bir gün bu dünyadan geçmiş insanları da bu iletişim toplumu birbirine bağlar kim bilir. Hayaller gerçektir. Yaşanmamış olsa da beyin hücrelerinde yaşar. Belki de onları saklamak fikri en ideal düşüncelerden biridir.

Öyle olmasaydı Orhan Pamuk Nobel ödülü alabilir miydi?

Bu olağanüstü insanlar bilgiyi hayalle en güzel karıştıran insanlar değil midir? Hayaller olmadan gerçekler olmaz. Hayaller çoğunlukla masumdur. Masum olmayan gerçeklerdir. Bun'un için hayalle karıştırılıp pişirilir bazen.

Bir gün torunum bana, "Annen baban seni neden bırakıp gitti." diye sordu. Bu sorunun gerçek yanıtını pek bulmak istemedim. Onların beni cennet denilen bir yerde bulabileceğini, hatta kendisinin günün birinde oraya geldiğinde yardım edebileceğini söyledi. Bu arada o günlerde ölmüş olan Pavarotti'yi de onlarla tanıştırmak istediğini söyledi. Ölen köpeğini de benim anneme ve babama emanet etti.

Hayaller ve gerçekler karmaşıklaşmayan bir çocuk zihninde yeşerdi. Fikir hiç de fena değildi. Büyüdükçe böyle bir buluşma olabileceğini düşünmemeye başladı. Bu dünyadaki evlerinin adresini sordu. Ona her şeyin hiçbir şey olduğunu anlatamadım. Müzede sadece derin anılar ve duygular vardı. Onlar ona kadar uzanıyordu.

Zaman hiçbir şey olurken geriye torunlar kalıyor. Bu varlığı ya da yokluğu onlara anlatmak zor. Genelde bu işten kaçılıyor.

İnsanın yaşamında, çevrenin yaşamına ayak uydurmak için gelip giden ordular oluyor. Onlarla bir bütün olduğunuzu sanıyorsunuz. Zaman bütün acımasızlığı ile o dostluğun üstünden geçiyor ki, geriye hiçbir şey kalmıyor. Sanki yaşanmamış gibi oluyor. İnsanlarla sürekli bir armoniyi yaşam içinde kurmak çok zor. Buraya emek vermek gerekiyor. Bazen bu emeği, karşı taraf sakınıyor. Yalnız kalınca sıkılıp kaçıyorsunuz.

Birliktelikler çoğaltılmak ve beslenmek istiyor. İnsanlar bu enerjiyi bazen üretiyor, bazen de bu işten sıkılıyor. Bazen aşklar da böyle oluyor. Hiçbir şeyi her şey yapıyorsunuz ama duygular gerçekle evlenince yıpranıyor. Duygular dokunulmaz olarak kalırsa ömrü bitmiyor. Dokunmak ilk haz ise de, ilk yıpranma demektir. Bunun için analar babalar bebeklerini saklarlar, dokunulmasındaıı huylanırlar. İlk dokunma masumdur, masumiyet giderek azalır, yıpranır. Son dokunuşların masumiyet müzesinde saklanabileceğini düşünmüyorum. Onlar artık kırık dökük kalıntılardır. Yokturlar. Onca özlem, onca sevgi, onca hassasiyet, onca fedakârlık yok olmuştur.

Geriye birkaç gizli anı; onu da kendileri bile hatırlamazlar. Ne o kimya, ne o fizik, ne o beyin oralarda bulunur. Tersine binlerce yıpranmışlık tıkıştırılmıştır. O güzel bir saniyelik anılar için harcanan emeğe değen bir şey değildir. Ama doğanın kurgusu bu tuzağı bir başkalarına kurar. Onlar gençlik yıllarında benzer modelleri, özel diye yaşarlar.

KISKANÇLIK
MASUMİYETİN KARŞITI OLABİLİR

Buralarda işin doğasını önceden bozanlar vardır. Bizim Fahamet Hanım gibi. O annemin tahsilini, mesleğini, duruşunu, gururunu kıskanarak, kendini bir roman kahramanı yapmak istedi. Ama o romanın kahramanı annem olarak çıktı.

Çünkü kıskanılan, yaşamına göz konan, annemdi. O kadın iğne oyası gibi bir aşk hikâyesi ördü. Annem ise kendi gücünü yaşadı. Kaybetmiş gibi durmadan kazandı. Her şeyine dokunulduğu hâlde hiç dokunulmamış olarak işin içinden çıktı. Güçlüydü, tekti, aşılmazdı. Ve gerçekten ona dokunulmazdı. Dokunanlar kaybetti.

Giderek hem kadın olmanın hem güçlü olmanın yaşamda önemli bir şey olduğunu anlıyorum. Ancak bu güç ortalığı dağıtabiliyor bile. Hem erkekler hem çocuklar güçsüz annelerden hoşlanıyorlar. Anneler güçlü olunca onun sırtından bir yerlere varmak zorlaşıyor. Oysa o anneler zaten yaşamı çocuklarının ayağı altına sermiş oluyorlar. Ama çocuklar bunu kendilerine zaten verilmiş haklar olarak görüyorlar.

Ben anneme böyle yapmadım. Belki yapamadım. O İstanbul terbiyesi almış otoriter bir kadındı. Hemen kapıyı gösterir, "Benden bu kadar." derdi. Ama onun kıyısında yaşamaktan vazgeçmek zor işti. Fabrika yönetmek, iyi bir ev kadını olmak, iyi bir anne olmak, dürüst bir insan olmak, çağdaş bir kadın olmak, giyinmek, süslenmek, ortama ayak uydurarak örnek olmak ve gururundan hiç taviz vermeden yaşamak. Bütün bunları masumiyet müzesine çoktan kaldırdım.

ŞARKICILARIN AŞKLARI

Çok ünlü bir şarkıcı kadının evinde röportaj yapmak üzere bulunmaktaydım. Yatak odasında beni karşılamıştı. Evli bir adam ile büyük bir aşk yaşıyordu. Zaten ben de bunları sormaya gitmiştim. Bizim kaliteli "Türk gazeteleri" bunu pek seviyordu. İşin içinde ünlü olmak da olunca gazetecilik konuları arasında olabiliyorlardı. Bu ünlü şarkıcı Gönül Yazar'dı.

Pek çok aşk yaşamıştı. Sevgilisi araba ile Ankara'ya gidiyordu. Adam her beş dakikada bir telefon edip hatırını soruyordu. O da o an hemen ses alan makinesinin düğmelerine basıp adamın bütün konuşmalarını teybe alıp bana dinletiyordu.

Bu mekanizmanın neden olduğunu anlamadım; kendini sağlama almak içindi herhâlde. Ancak Gönül Yazar kadar evi barkı zevkli, yaşam biçimi olan bir aktrise pek rastlamadım. Evinde sürekli dikiş dikip ütü yapan biri bile vardı. Gönül Yazar gerçek bir aktristi. Özel yaşamını da pek saklamadı. Olan biteni hep anlatırdı.

Sonunda Erol Simavi'den olan kızı Yasemin ile kaldı. Gönül Yazar gibi bir annenin kızı olmak o kadar kolay değildi. Yasemin bunları yaşamış olabilir... Yaşamına ne kadar erkek girmiş olursa olsun ki o haklı olarak bu serüvenlerle sonradan alay etti, anneliği önemsedi.

Gönül Yazar güçlü, akıllı, sahnelerin taş bebeği olarak tarihe geçti. Çok açık bir insan, bir şarkıcı, bir sanatçı imzası vardı. Ben o imzayı müzeye gönderdim bile. Şimdi Gönül Yazar'ın yaşamında çok şey hiçbir şey olmuş olabilir. Ama masumiyet müzesindeki yeri onu saklar.

Şarkıcı dostlara gelince Muazzez Abacı da aklıma geldi. Bu çılgın kadından en etkilendiğim zamanlar onun Heybetli tarafından kapatılıp evde Türk Müziği çalıştığı zamanlardı. Kulaklıklarını hiç indirmeden saatlerce, klasik Türk Müziği'nin önemli bestecilerini dinliyor ve söylüyordu. Ünlü Baba Hasan, "Heybetli bir yıldız, o da başka bir yıldız." Kızı annesinin Heybetli ile olan aşkını böyle anlatmıştı bana. Bir sabah evin önüne bir kamyon kırmızı gül getirip sokağa dökmüş. Bir gün de evin içini para ile doldurmuş. Muazez gözü kara çılgın bir kadın. Ancak öyle bir kadın böyle aşklar yaşar.

Bir kamyon çiçeği alıp hemen müzeye gönderdim. Paralar evde kalabilir. Aşk masalları para ile yer değiştirince benim Orhan Pamuk'tan sonra açtığım müzeye pek giremez. Ama güller girer. Sonra Muazzez o adamla iki kere nikâh kıydı. İkinci nikâha gidemedim. Gitseydim belki onca meşakkatten sonra aynı adamla kıydığı, hele Heybetli gibi bir mafya babası ile kıydığı bu nikâhı da müzeye saklardım.

Aylarca sahne yasağı ve her şey yasağından sonra, yine ve yine o adamla kıyılan nikâh önemli değil mi?

Sahne dünyasında da güçlü kadınlar var. Zaten onlarda bir güç olmasa sahneye çıkamazlar. Ancak erkek dünyasında ezildiler. Yalnız kaldılar. Şöhret para etti ama hayat vermedi. Bitti. Hiç bir şey oldu. Sezen Aksu müziği öyle bir yerlere taşıdı ki aşkları detay bile olmadı. Sadece şarkılarının sözlerini süsledi. Sezen büyüdü dev oldu. Zaten ona ilk röportajımda "şarkıların akıllı küçüğü" demiştim. Serçe lafı ona şimdi hiç uymuyor. O bir dev. "Şarkıların akıllı bilgesi" Gerçek bir güç abidesi.

Sezen'i tek başına bu müzede saklayabilirim. Bu kadınları zaten herkes bir yerlerinde saklıyor. Onlar, yaşayan bu hücrelerde durdukça yaşayacaklar. İçinizdeki hayaller gerçektir ve sizinle yaşarlar.

GÜCÜN SOSYETEDEKİ TEMSİLCİSİ

Bütün bu güç arayışları içinde Belma Simavi'den söz etmeden geçemeyeceğim. İstanbul'da örnek bir burjuva denebilir. Büyük bir servet içindeki tek başına yaşamı kraliçeler gibi sürdürüyor. Adası ile Polenezköy'deki çiftliği ve Gümüşsuyu'ndaki evi ile. Buralarda yüzlerce insanı ağırlayarak tek başına olabilmek çok önemli bir yaşam stili. Böyle bir kadına ancak güçlü denebilir. Hayatında kocası yok, ama o eksik de artık yok. Her şey onun hayatında daha çok şey gibi duruyor. Her şey hiçbir şey olalı epey uzun zaman olduğu hâlde, yaşam çoğaltılmış, odalara, adalara taşmış ve Belma Hanım tek başına bir kraliçe olarak kalmış. Bu kraliçe kadını kılığı kıyafeti, dürüstlüğü, gururu ile müzeye yollayalı bir hayli zaman oluyor.

Masumiyet müzesine girmek için biraz sıra dışı olmak gerekiyor. Yoksa mükemmel olan sıradan insanlar var. Ama buralarda mükemmellik yetmiyor. Başka şeyler lazım. Annelik, babalık çok kutsal duygular ama içine bir boyut daha katıp, oralarda durmak gerekiyor.

Göz alıcı aşkların en ilginçlerinden birini bana mürekkep balığı yaşattı. Çok görkemli bir erkek balıktı. Çok aradı, çok dolaştı. Sonunda güzel bir kaya kovuğu buldu. Burada bir süre yalnız kaldı. Bu yalnızlık ilgi çekiciydi...

Sonra bu kovuktan çıktı ve kendine bir dişi aramaya başladı.

Ve mürekkep balığı standartlarında birini buldu. Onu kovuğa getirdi ve aşk yaşamını başlattı. Geçen birkaç gün içinde bir başka erkek mürekkep balığı bu dişiye göz koydu. Kayalığı tespit etti. Ve ne yaptı biliyor musunuz? Dişi taklidi yaparak evine girdi ve dişisi ile aşk yaptı. Bu ikinci yaratık müzeye karşı bir girişim yarattı. Ancak büyük mürekkep balığının kendine olan güveni de beni sarstı. Aşk-ı memnu gibi bir serüveni hiç istifini bozmadan ve şüphelenmeden yaşadı. Güvenli bir erkek tablosu çizdi. Kavga gürültü çıkarmadı.

Burada da roman kahramanı güç timsali olan bu erkekti. Çünkü aslında o kıskanıldı. Tıpkı annemin Fahamet Hanım tarafından kıskanılıp, kocasına el konulması gibi. Annemin çizgili paltosunu satın almak isteyerek içine girmek isteyip, girememesi gibi. Çünkü önemli olan palto değil; içindeki güç. Bu güç uzaydaki astronotlar tarafından bile algılanabilir. Yani aşk yaşamak bir güç ve güçsüzlük meselesi mi? Evet bazen bir güç, bazen de bir güçsüzlük meselesi. Aşk ortamı gerçeği yamuk hâle getiren, yarı hastalıklı bir ortam. Gerçek bu ortamı, zamanı da yanına alarak bozar.

Bozulmamış aşk, ölülerin aşkıdır. Bunun için zaman zaman bana ölümün yaşam için güzel bir şey olduğu duygusu gelir. Ölüm olmasaydı aşk olmazdı. İnsanlar aşk olmadan da çoğalabilirlerdi belki ama bu çoğalma işlemi böylesine tılsımlı durmazdı.

Sanat, edebiyat falan da soluk yüzlü ve sesli olurdu. Belki de olmazdı. Ölüm yaşama bir heyecan katıyor. İşte her şey bu heyecandan yola çıkıyor. Çoluklar çocuklar, sanat eserleri, müzik her şey ölümsüzlüğe karşı koymak için. Ölüm olmasaydı ölümsüzlük için kimse çalışmazdı... Ölüm olmasaydı astronotların ilgisizliğini çoğaltırdı. Mutlaka uzayda kalıp yeni dünyalara sarkarlardı. Oralarda zaten hiçbir şey olmadığından, ölüm bile olmazdı. Zaten şu anda da ölüm ve canlı yok.

HASSAS MAVİ YUVARLAK

Torunum Faruk'a soruyorum, "Uzayda kalsaydın, dünyayı nasıl görürdün?" diyorum. "O hassas bir mavi yuvarlak, içinde canlılar olduğu için atmosfer ile kendini evrenin sonsuzluğundan korumuş." diyor ve yaşamdaki en mükemmel şeyin teknoloji değil doğa olduğunu söylüyor. "Ya teknoloji?" deyince, "O zaman içinde var olabilir... Küreyi ısıttığı için hem iyi hem kötü. Ama asıl su, hava, ateş ve toprak önemli..." diyor.

"Hangi zamanda dünyaya gelmek isterdin? "diye sorunca da, "Başka bir zamanda gelmesinin mümkün olmadığını çünkü böyle bir durumda annesinin ve anneannesinin ya da babasının ailesinin de başka zamanlara taşınması gerektiği için saçma olacağını düşünüyor.

Ölümün hiç olmadığı sonsuzluğa pirim vermiyor, sıkıcı buluyor ama ayrılığın da zor olduğunu söylüyor.

Torunumun bütün söylediklerini masumiyet müzesinde saklayacağım. Güzel şeyler söylediğini düşünüyorum. Sekiz yaşında, neredeyse aynı şeyleri düşünüyoruz...

Faruk'un astronotlardan ayrıldığı nokta ise şu: O dünyayı anlamsız canlılarla dolu bir mavi yuvarlak olarak görmüyor. Tersine hassas canlılarla dolu bir korunmalı alan olarak düşünüyor; atmosferin, canlıları korunduğunu anlatıyor. Nefes almanın ise en önemli olgu olduğunu biliyor. Nefes aldıktan sonra aile diyor. Onun da hassasiyetleri buralarda. Nasılsa birilerinin devamı olmaktan mutluluk çıkarıyor.

Yaşamda iyi ve kötü olayların olduğunu ancak bunların ne zaman geleceğini bilmemenin sıkıntısından söz ediyor. "Bunların ne zaman geleceğini büyükler bilebilir." diyor.

Mavi yuvarlak, astronotlar için uzun zaman uzayda kalınca fazla anlamlı olmuyormuş. Ama içinde kalanlar için heyecanlı bir yer. Üstelik uzayda henüz başka canlı da yok. İş giderek sonsuz bir tesadüf ve piyangoya geliyor. Uzay var ama yaratık yok. Sonsuz bir anlamsızlık var. Canlılar olmadan uzayı algılamak da önemli değil. Sonsuzluk içinde milyonlarca yuvarlak.

Ve bize önceleri büyük, giderek de küçük gelen, üzerinde gezdiğimiz gezegen. Onun her tarafını biliyor gibiyiz. İletişim toplumu bu yuvarlağı küçülttü. Uzay büyüyor, her gün yeni bir yuvarlak çıkıyor ortaya. Dünya küçülüyor ve canlılar bu piyangonun nasıl kendilerine de geldiğini bir türlü çözemiyorlar.

Demek yaşanılanlar o kadar önemsiz değil. Yaşanan aşklar, söylenen şarkılar, yazılan şiirler, yapılan mabetler, sanat eserleri, gelişen teknolojiler her şey çok önemli. Çünkü başka bir dünya yok. Ama bütün bu olan bitene rağmen işte her şey hiçbir şey olabiliyor.

Bunca sonsuzluk içinde her şey duruyor gibi oluyor ama hiçbir şey durmuyor. İnsanlar yok oluyor. Dünya döndükçe, her gelen yeni gün, yaşamdan bir gün çalıyor. Bu çalışkan mavi yuvarlak, insanların ömrünü tüketmekle meşgul. Hep yeni insanları arıyor.

Zamanı o tayin ediyor. Yıllar onun valsleriyle ilerliyor. Yıllar ömürleri bitiriyor. Ömürler bitince tek tek her şey bitiyor.

BENİM MASUMİYET MÜZEM

Ama Orhan Pamuk'tan sonra benim de açılmasının zaruri olduğunu düşündüğüm bir masumiyet müzesi var. Benim müzemde objeler yok. Hep hayaller var. Hayallerin gerçek olduğunu en azından benim beynimde yaşadığım süre içinde yaşadıklarını düşünüyorum.

Ve o müzeye doldurduğum masumiyetlerden güzel yaşamlar üreteceğime inanıyorum. Dokunulmamış duygular, bozulmamış hayaller ilgimi çekiyor. Güçlü insanları seviyorum. Roman kahramanlarını gerçek hayatta bulursam seviyorum ve halk kahramanları ilgimi çekiyor.

Babamın, annemin göğsünde istirahat etmek istemesi ne müthiş bir duygu. Ne güzel bir liman. Aynı zamanda annemi tam idrak nazariyesi ile sevmesi. Yani insan zor anlarda farklı bir idrak içine giriyor, tüm yaşamını gözden geçiriyor. Beyni, hayatı kapsayacak boyutlarda olağanüstü çalışıyor. Ve babam annemi bu idrak ile seviyor. Bu limanı, bu idraki çok masum ve içten buluyorum.

Sonra bu geometrik sevgi bu büyük liman yok oluyor. Her şey hiçbir şey oluyor. Ama babamın anneme olan aşkı benim aklımdan hiç çıkmıyor. Beynim buralarda takıntılı. Annem de ölmeden önce babamın onu istediğine inanmıştı. Onun beyni de bu yoklukta takılmıştı. Ama bize hiç belli etmedi. Bir tanrıça gibi olayların üstünden hayata baktı.

Annemin tanrıça heykelini yaptırıp müzenin giriş kapısına

koyacağım. Babamı da aşk tanrıları arasında dolaştırıp, babalık kürsüsündeki diplomalarını dağıtacağım. Bu hayallerden vaz geçmem mümkün değil.

BİR AŞK MASALI

Bir büyük aşk hikâyesi dinledim geçen akşam. On altı yıl sürmüş bir hikâye. Toplumsal kuralların pek dolaşmadığı bir iklim ortamı içinde kalmış. Bir gazete sahibinin büyük aşkı, kürede dolaşmış. Kimse evlenmekten söz etmemiş.

Çok güzel Rus asıllı bir kadın. Aşk oyunlarını seviyor besbelli. Ama bu aşkı onu yaşama çakmış. Onu kaybetmek zor gelmiş. Her gün mutlaka beyninde bu bitmiş aşkı tazelemiş. Başka aşklar yaşasa da o aşk da beyninde sürmüş. Ve sürüyor. Bu sürüncemede bir saflık hissettim. Ne kadın saf, ne yaşadığı aşk çok steril ama bu birlikteliğin beyinde sürmesi karşı durulamaz bir durum. Her şeyin hiçbir şey olduğu bir uzayda yaşıyor.

Giderek yaşanan aşkların masumiyetleri olduğu gerçeğini anlıyorum. Aşk yaşamak bunun için sihirli olabilir. Burada hormonların masumiyeti de işin içine giriyor. Onlar da doğadan emir alıp, ölçümlendirilmiş.

Güzel kadın yaş almayı kabul etmiş ama bir genç kadın kadar şımarık bir edayla eski aşkını anlatıyor ve yaşıyor. Konuşmaktan çok yaşamayı seviyor, iyi yaşamayı seviyor. Yaşadığı mekâna, beraber olduğu insanlara önem veriyor. Ünlü bir aktör olan eşi ile yaşadığı günlerlerden sonra başka evlilikler yaşamazmış. Evlilik bir kere ölümle bitince bir daha anlamsız gelmiş.

Birkaç evlilik gerçekte de işin tadını bozabilir. İmza ile gelinen yerde bir zorlama söz konusu olabilir. Oysa duygular dokunulmadan, daha saf ve temizdir. Dokundukça manolya gibi sararır. Bebekler ve çocuklar dokunuldukça şekillenirler. Ama nasıl? Dünyanın en önemli konusu dokunmak. Bütün canlılar dokunmayı hissederken titiz davranıyorlar. Hoyratlık kaldıramayan bir an. Filler bile kendisine aşk teklifi getiren erkek fillerin dokunmasından hoşlanmayınca tepiyorlar.

Dişiler dokunmak konusunda hassaslar. Bu hassasiyet giderek yaşamlarının bütününe sahip oluyor. Zira genler kuşaktan kuşağa geçerken, bu dokunuşların sonucu oluyor.

Bütün bu yaşanmışlıklardan aşk hikâyesi gibi duran masallardan geçip buralara gelince acaba kaliteli yaşam için titiz olmak mı gerek, diye düşünüyorum. Yaşama büyük bir titizlikle yaklaşmak, olabilecek en iyi tercihlere ulaşmak ve insan olmak.

Bu doğru olabilir ama ölmeden, yaşamı noktalamadan bile durmadan sıfırlanan hayatları düşünüyorum. Ve bu hayatlar çok titiz insanların yaşamları da olabiliyor. Onca titizlik, duygusallık, fedakârlık yok olabiliyor. Siz kalıyorsunuz, yarattığınız, yaptığınız her şey yok oluyor. Fabrikalarınız, evleriniz, çocuklarınız, dostlarınız, işiniz her şeyiniz yok oluyor.

Halil Bezmen kitabında işte tam bunu yazmıştı. Ben de kitabımın adını ondan aldım. Bir gazetecinin arkasına polisi alıp bir iş adamını yok etme projesi gerçekleşti. Halil Bezmen on yıl yurt dışında kaldı. Hapislere girdi, tarihî eser kaçakçısı oldu.Ve bütün bu davalardan beraat etti.

Beş fabrikası, malı, mülkü, ailesi her şeyi darmadağın oldu. Devlet bankalarından kredi kullanmadığı hâlde 28 Şubat sürecinden biraz önce onu yok etmek kararı alındı. Bunu derin devlet istedi. Bir iş adamının üstüne böylesine canavarca gitmek görülmüş şey değil. Şimdi kimse beraat ettiğini bilmiyor.

Mutluluk için herkesin masumiyet müzesinden geçmesi gerekiyor. Yaşam vahşet ile dolu olduğu için güç peşinde koşarken entrikalar, kötülükler ortaya çıkıyor. Entrikalar en fazla güç sahipleri arasında oluyor. Saraylar, entrikaların ana vatanı olabilir. Oradan aşağı iniyor.

Türkiye de uzun süre gücün zirvesi olan askerler tarafından

yönetildi. Askerler anladık ki gücü bırakmamak için sürekli darbe projeleri üretmişler. Halkı hiçe saymışlar, iktidarları kukla yapmışlar. Şimdi hesap vermek dönemlerindeler.

Derin devlet ile iş birliği hâlinde sürdürülen entrikaların sonu geldi. Güç onların elinden alındı ve sivil halka yönlendirildi. Para da ellerinden alındı, ülkenin kalkınmasında kullanıldı. Bu generaller asker olmadan önce insan olduklarını ne kadar hatırlıyorlar acaba? Çocukluklarındaki masumiyeti, meslekleri nedeni ile kaybettiler; kendi duyguları ve vicdanları ile birlikte. Ama asıl olan masum olmaktır. Asıl olan güçlü olmak değildir... Bütün dinler, hukuk sistemleri masumiyet karinesini ön plana alır.

Cinayetler bile tartışılırken, masumiyet aranır. Gerçekte önemli olan masum olmaktır. Cezalar suç ile başlar. Doğa bile kendine karşı işlenen cinayetlere cevap verir.

Orhan Pamuk da bu masumiyet ile müze yapmak konusunu belki buralardan alıp getirdi. Binlerce faili meçhul cinayet, insanların fişlenmesi, saklanması gibi vahşet kendileri dâhil hiç kimseyi mutlu etmiyor.

Yaşamdaki mutsuz insanlar, diğerlerinin armonisini bozmak isterler. Bazı delilikler de bu armoniyi bozmak üzerinedir. Gerçekte çok zor kurulan armoniyi bozmak çok kolaydır. Bundan da herkes mutsuz olur. Bir deli bin akıllının mutluluğunu bozabilir. Ama kendi de mutlu olmaz. Mutsuzluktan mutluluk çıkmaz.

MASUMİYETTEN BAŞKA HER ŞEY HİÇBİR ŞEY OLUYOR

Giderek her şey hiçbir şey oluyor... Masumiyetten başka. Onca üretilen teknolojileri bile yenileri bir anda yok ediyor. Üretim araçları değişiyor, makineler gidiyor robotlar geliyor... İnsan gücü işe yaramaz hâle geliyor. Beyin gücü ise giderek gençleşiyor. Çalıştıkça yenilenen tek organ beyin. İşte güç, bu yenilenen hücrelerde.

DİNLER VE MASUMİYET

Acaba dinler giderek vicdan ve masumiyet ile mi tanımlanacak? Tanrı buralarda olsa gerek.

Zaman denen canavar, arkasından koştururken, geriye pek bir şey bırakmıyor. Ona ne can, ne teknoloji, ne toplumlar, ne de mavi yuvarlak dayanabiliyor. Dünya denen bu hassas ve heyecanlı gezegen giderek eskiyor. Denizlerinin altı bile kirli. İnsanları, suları, dereleri, gölleri, eskitirken, gezegen son elli yıl içinde bugüne kadar olduğunun birkaç misli kirlendi... 68 kuşağı bu dönemi yaşadı.

Biz yaşlanmayan aşklar, duygular peşinde koşalım. Onları anlamaya, öğrenmeye çalışalım. Dünya kirlenirken, biz kirlenmeyelim.

Masumiyet müzesine tarihe geçecek bir aşk hikâyesi hediye etmek istiyorum. Bir gün Cumhurbaşkanı iken Turgut Özal ve eşini ziyarete gitmiştim. Amacım Semra Özal ile söyleşi yapmaktı. Başbakan olduğunda yine Semra Hanım ile ilk röportajı ben yapmıştım. Onların aralarında inanılmaz bir bağ vardı. Burada âşık rolünde Turgut Özal vardı.

Bu kanıya nasıl mı vardım? Hemen söyleyeyim. O gün ben Semra Hanım ile otururken Turgut Bey geldi ve bekleyen yabancı heyetleri ağırlamak üzere aşağı indi. Semra Hanım "Turgut Bey şimdi geri dönüp gelecek." dedi... "Nereden çıkardınız?"

dedim."Görürsün beni öpmeden gitti, bunu uğursuzluk sayar ve döner gelir." dedi.

Bir iki dakika sonra Cumhurbaşkanı koşarak geldi ve "Semra seni öpmeyi unuttum." dedi ve onu öptükten sonra tekrar gitti. Gözlerime inanamadım. Meğer bu duygusallık evlendikleri günden beri sürermiş. Semra Hanım onun uğuruymuş. Doğrusu böyle bir tutkuyu hiç düşünmeden müzeye kaldırdım. Kırk yıldan fazla bir evlilik içinde böylesine süregelen bir duygusal dayanışmaya rastlamadım.

Üstelik söz konusu olan bir Cumhurbaşkanı. Bu aşkın kıskanıldığını düşünüyorum. Ancak kendisi Türkiye için yaptıklarından dolayı zaten tarihe geçti. Bütün müzelere girdi. Benim müzemin de baş tacıdır.

Bir başka masumiyet olayını, bir aşk hikâyesinin dışında anlatacağım. Bu da Türkiye'nin en zengin adamı olarak bilindiği dönemde Vehbi Koç'un yaşadığı çok sade hayat. Kışın Yeniköy'de bir apartman katında otururdu. Işıkların bile gereksiz açık bırakılmasını sevmezdi. Gösterişten kaçardı. Hatta Rahmi Koç ilk yatını ondan gizli almıştı. Evine havuz bile yaptırmamıştı.

Vehbi Koç gerçek anlamda paranın üstündeki sadeliği bilinçle yakalamış biriydi. Buna cimrilik denemez. Çünkü parasının farkındaydı, görüntüyü sadeliğin dışına çıkarak bozmak istemezdi. Vehbi Bey'in bu sadeliğini müzeye kaldırıyorum. En zengin adamın, sade ve gerçekçi yaşam biçimi...

Astronotlar dünyayı uzun süre uzayda kaldıktan sonra küçümserlermiş. İçindeki olaylar onları pek ilgilendirmezmiş. Uzayın sonsuzluğuna dalarlarmış. Ancak Mars'a giden robot orada da hayata rastlamadı. Acaba her şeyin hiçbir şey olduğu dünya ciddi bir yer mi? Başka dünyalar yoksa yaşadığımız hayat ne kadar önemli? Daha mı çok, daha mı az?.. Astronotlar uzay macerasına daldıklarına göre masumiyet müzesine alınabilirler mi?

Sonsuzluk içinde zaten sonsuz olacakken, insanlık adına bu mavi yuvarlağın atmosferinin bile dışına çıkmak.

Torunum Faruk'a "Yaşamda senin için en ilgi çekici olan nedir?" diye sordum. Hiç düşünmeden "Şaşırtıcı olan hücrenin var olup insana dönüşmesi." dedi. Onun bu çocuksu analizlerini masumiyet müzesine gönderiyorum. Burada düşüncede masumiyet aramak işime geliyor. Biraz da neticeye küçük yaşta varmış olması beni kızdırıyor. Sekiz yaşında, sonsuzluk içinde bir varlığın varoluşundan söz edebiliyor.

Artık limandan ölüme kalkan gemi ağzına kadar doldu. Yahya Kemal'in, "Artık demir almak günü gelmişse zamandan" dizelerindeki o zamanın ne zaman olduğundan söz etmek güç. Bu dünyada doğanlar, bu dünyada kalıyorlar. Öyle uzayın bir gezegenine gitmiyorlar. Bu doğanın içinde biçim değiştiriyorlar. Toprak, böcek, kurtçuk... Her şey olabiliyorlar. Ama sonuçta hiçbir şey olmuş oluyorlar.

Bütün düşünen insanlar ölümü tartışıyorlar. Her yol sonsuza çıkıyor. Üstelik başka gezegenlere göz dikmiş olan insanlık, buralarda da sonsuzu daha çok yakalıyor. Mavi yuvarlak giderek küçülüyor. Hız onu iletişim yoğun dünyada küçük bir top hâline getiriyor. Dünya küçülüyor, nüfus büyüyor. Ancak giden sevgililerden haber çıkmıyor. Yanlarına varmak da söz konusu değil.

Her şeyin hiçbir şey olduğu yaşamda sadece aşklar, evlilikler bitmiyor. Dostluklar da çoğu zaman yıpranıyor. Gecelerce süren kahkahalar, ortak dünyalar bir an geliyor, hiçbir şey oluyor. Toplumsal olaylar, darbeler, bunalımlar, insanları birbirine düşürüyor.

Ben kendi yaşamımda ordular tasfiye ettim. Sonradan varlıklarının anlamını bulamadım. Hiçbir şey olup bu mavi yuvarlakta kaldılar ama ben onları bir daha görmedim. Rastlasam da bir şey ifade etmediler. Bu dostluklar da sırasında sevgi ilişkileriydi. Ama zaman ve yaşam bu ilişkileri de yok ediyor. Başkaları geliyor, gitmek üzere. Hiç bir şey kalıcı değil.

Bir anda çok emek verdiğiniz işi bitiriyorlar. Sen bu işi artık yapma diyorlar. Onca çalışkanlık, onca emek, onca zaman, bir anda hiç oluyor. Bomboş kalıyorsunuz. Yeni bir yaşam üretmek zaman alıyor ama zaten zaman da o kadar bol değil. Çalışmanın da işin de bir zamanı var. Kaliteli emek her zaman bir şey ifade etmiyor.

Mavi yuvarlakta hayat heyecanlı geçiyor, sürekli yok oluşlar ve sürekli kaos heyecanlandırıyor. Bütün buralardan bir düzlem atlayabilirseniz, geldiğiniz yeni düzlem ölüme yakın, yaşama uzak oluyor. Zira yaşamın içinde aynı hız ve derinlikte kalırsanız olmuyor.

Yaşanmış ve bitmiş aşkların peşinden koşmak ne kadar anlamsızsa, yaşanıp tüketilmiş hayatların, yaşam tarzlarının da peşinde koşmak o kadar anlamsız. Ve eğer masumiyet müzesine buralardan mal üretememişseniz yokluk sizi çoktan bitirmiş demektir.

Küçük bir kız çocuğuyken rüyamda koluma altın bilezik takılmış gördüm. Bu rüyamı o zaman meslek sahibi olmak olarak yorumladılar. Liseye gelince güzel kompozisyon yazıyor, en fazla sosyoloji dersini seviyordum.

Üniversiteye sıra gelince sosyoloji yazdım. Ve oraya girdim. Amacım gazeteci olmaktı. Bu yazı yazma sevgisini, sosyoloji ile birleştirince bir iş çıkar gibi geldi. Öyle de oldu. Doğru Cumhuriyet gazetesine gittim. Orada işe başladım.

Sabah erkenden gazeteye gittiğimde, hademeler yerleri siliyorlardı. Bu gazeteci milleti sabahleyin erken gelmiyordu besbelli. Orada kısa süre gazetecilik yaptım, evlilik teklifi aldım ve gazetecilikten uzaklaşma kararı aldık. Cumhuriyet okur profilini çıkartan bir araştırma yaptım ve ayrıldım.

Beş yıl sonra Hürriyet gazetesinde yine işe başladım. Muhabir yaptılar beni. Ve kadroya almadılar. Ancak önce Beyoğlu muhabiri ol dediler, otellere falan gidip gelen önemli isimleri bulup haber yaparsın, dediler. Epey bir süründüm oralardan haber toplamak için. Sonra hastanelere verdiler. Salgınlar, yeni buluşlar, hastaların öyküleri, doktorlar falan haber için önemliydi.

Arabam olduğu için birkaç kez cinayet olaylarına gittim. Adliyede nasıl çalışılır, öğrendim. Sonra çevre kirliliği ile uğraştım. Haliç sempozyumlarına katıldım. Nazım Plan Bürosunda İstanbul'un planlanmasını takip ettim.

Sonra döndüm röportajlar yaptım. Genel evlere, zührevi hastalıklar hastanesine bile gittim. Bir gözü mavi bir gözü kahverengi bir kadının kolundaki damga benim kalbime de inmişti. Ya babaları, ya ağabeyleri, ya kocaları satmıştı. Paralarını almışlardı. Biribirine benzeyen ama farklılıkları olan korkunç hikâyelerdi.

Sonra Ankara'ya gittim. Orada diplomatik muhabirlik yaptım.. Günlerce Dışişleri Bakanlığının kapısında ve merdivenlerinde yabancı Büyükelçileri bekledim. Kıbrıs Savaşı sırasında, çok manşet yazdım. TBMM'den haber taşıdığım günler oldu. İstanbul'a geri gelince yine istihbarat kadrosuna döndüm.

Hürriyetten vazgeçince önce Vatan gazetesine girdim, o kapanınca İsmail Cem'in politika gazetesinde devam ettim. Oradan kızıma hamile olduğum için ayrıldım.

İki yıl sonra Gelişim yayınlarına girdim. Orada kadın dergileri çıkarmaya başladım. Bir dergiyi ele alıp bütün kurgusunu yapıp ortaya çıkarmayı öğrendim. Beş yıl kadar çalıştım. Nokta dergisini bir süre ben hazırladım.

Sonra Güneş gazetesine alındım. Magazin Müdürlüğü yapmaktaydım. Güneş 2 ile çok farklı bir ek başlattık. İçinde gen teknolojilerinden, artist magazinine ve sosyete haberlerine kadar her şey vardı. Aynı zamanda dizi yazılar da bana aitti. Her gün haber toplantılarına da katılıyordum. Keyifli bir dönemdi benim için.

Sonra bir süre işsiz kaldık ve yeniden ikinci Güneş için geri döndük. Yine keyifli bir dönem geldi. Bir süre sonra Asil Nadir gazeteyi alınca ayrıldım. Doğru Milliyet gazetesine gittim. Köşe yazıyordum. Aynı zamanda Pazar Postası gazetesini çıkarıyordum. Gazeteye yük vermemek için kadrosu sınırlıydı, fotoğraf yerine illüstrasyon kullanıyordum. Makinelerin boş zamanında çıkıyordu. Zaten haftalıktı. Ve reklamlarını da ben buluyordum. Türkiye'nin hemen hemen bütün liberal aydınları bana yazı yazıyorlardı.

Sonra bu liberal görüş Türkiye'yi daha özgür zamanlara taşıdı. Ancak 28 Şubat darbecileri bu aydınları pek istemiyorlardı. Zaten gurubun yöneticileri askerlerle iş birliği hâlinde hükûmetleri devirip, para kazanmaya çalışıyorlardı. Askere selam, ihaleye devam politikasını tuttular.

Gazetelerin kadrolarına aktris, manken yazarlar koydular. Çok önemli yazarları bu gazeteye almadılar. Genel Kurmay Gazetecileri makbul oldular. Askerle, derin devlet ile iş birliği hâlinde zengin oldular. Türkiye battı, onlar çıktı. Servetlerine servet kattılar. Bu arada benim de işime son verdiler. Gazeteyi de kapattılar. Patron telefonlarıma bile çıkmadı.

Onca emek, onca koşuşturma, onca yazı, her şey hiçbir şey oldu bir anda. En mütevazı basamaklardan başlayarak kendime laf getirmek istemeyen biri olarak ve bu mesleği yapmak isteyen ben, artık bitmiştim. Bir darbe ortamında iş bulmak çok zordu. Ayrıca darbeci bir medyada bir daha iş almamak üzere karar aldım. "Kartel Medyası" çok aşağılık bir projeydi.

Böyle patronlarla iş birliği yapmayı ondan sonraki yirmi yıl kendime yediremedim. Hâlâ da onlarla çalışmam; suratlarına bakmam, bulundukları yerlerde bulunmam. Zaten 28 Şubat medya sermayesinin büyük bir kısmı da battı ve hapislere düştüler. Koca adamlar sefil oldular.

Benim meslek hayatım bir anda yok oldu. Bir hayal ve masal bile olamadı. Sağlığımı kaybettim. O günlerde annemi kaybettim. Annemin hayatı, onca çabası ve benim meslek yaşamım her şey, her şey hiçbir şeydi. Tıpkı Halil Bezmen'nin beş fabrikası ile bir anda yok edilmek istenmesi gibi.

28 Şubat darbesi sırasında ve sonrasında Orhan Pamuk'un müzesi de, benim müzem de olamazdı. Çünkü ona da düşmanlıklar söz konusuydu. Her şey entrika, para, cinayet, derin devlet projeleri ile gerçekleşiyordu. Orhan Pamuk Nobel ödülü bile alsa kendi tezgâhlarına koyamıyorlardı. Nobel ödülü aldığı dönemde kitaplarını tezgâhın altından çıkararak veriyorlardı. Orhan Pamuk

bir süre görünmek istemeden başarısını yalnız yaşadı gibi geliyor bana. Zira bu takım ile paylaşması olanaksızdı. İşte böyle seviyesiz bir medya hâlâ sürüyor. Nobel ödüllü bir edebiyatçıyı içine sığdıramayacak kadar seviyesiz.

Orhan Pamuk duygularını bir Alman dergisine verdiği söyleşide, Türk Burjuvasına, bence olmayan, onun içinde oluşmayan bu sınıfa seslenirken, darbelerden tiksinerek söz ediyor.

"Laik Türk üst sınıfını, askerî müdahalelerde Kürtlere yapılan baskı da rahatsız etmez. Türk kadınlarının birçoğuna sadece başörtüsü taktıkları için tepeden bakarlar." demiş. Burada darbeleri yapanlara, ona ses çıkarmayan yeni palazlanmış sermaye sahiplerine kızıyor. Bu sermaye sahipleri arasında başı gazete patronları çekiyor.

Orhan Pamuk buradan giderek ele alınınca bu insanların Nobel ödülünü almadı. O evrensel özgür dünya insanlarının masumiyetlerini aradı belki. Müzesini de "Masumiyet Müzesi" olarak açıkladı ve içini doldurdu.

Bu gazetecileri, bu medya sermayesinin sahiplerini, bu dönemin generallerini, yargısını, üniversitesini uzaydaki en meymenetsiz gezegene göndersek, kabul etmez. Halkını hiçe sayan, öldüren, hapislerde işkence ile süründüren bu insanlar uzayın sonsuzluğunda yok olmalılar. Zaten paraları olsa bile itibarsız yaşıyorlar. Korkuyorlar. Halkı karşılarına alarak binlerce cinayetin üstünü örtmek, derin gazeteciliğin işi değil mi?

İşin kötüsü hâlâ hiçbir şey olduklarını anlamayanlar var... "Bari gizli eşcinsel olalım." diyebilecek kadar ayırımcı olmayı kendilerine yedirebiliyorlar. Oysa onlar insan bile değiller. Eşcinseller onları aralarına almazlar. Hatta tanıdığım bir eşcinsel çift, bunun söz konusu bile olamayacağını söyledi. Onların kendi içlerindeki aşkın dokunulmazlığına böylelerini karıştırmak istemediler.

Bu adamlar hâlâ kâğıttan heykeller olarak duruyorlar. İçleri zaten boştu. Bir duruşları olamazdı. Giderek seks manşetlerine sığınarak kendilerine hiçbir şey olmalarına engel koymak istediler. Oysa kendilerinden geçtikleri an zaten hiçbir şey olmuşlardı.

Giderek astronotların anlamsız bulduğu mavi yuvarlaktan geriye masumiyet müzesi kalıyor. Orhan Pamuk bunu Nobel ile kanıtladı. Yaşamı profesyonel olmadan, paraya kanmadan, kendinden vazgeçmeden, aşırı yaratıcılıkları özleyerek yaşamak, buralarda dolaşmak her şeye rağmen kalıcı olmak, hiçbir şey olmanın karşısında durmak demektir.